中国古代文史经典读本

秦观诗词文 选评

徐培均 罗立刚　撰

上海古籍出版社

图书在版编目（CIP）数据

秦观诗词文选评／徐培均，罗立刚撰．—上海：
上海古籍出版社，2018.6
（中国古代文史经典读本）
ISBN 978‑7‑5325‑8837‑4

Ⅰ. ①秦… Ⅱ. ①徐… ②罗… Ⅲ. ①秦观（1049～
1100）—宋词—诗词研究②秦观（1049～1100）—古典散
文—古典文学研究 Ⅳ. ①I206.2

中国版本图书馆 CIP 数据核字（2018）第 093999 号

中国古代文史经典读本

秦观诗词文选评

徐培均 罗立刚 撰

上海古籍出版社出版发行

（上海瑞金二路 272 号 邮政编码 200020）

（1）网址：www.guji.com.cn
（2）E-mail：guji1@guji.com.cn
（3）易文网网址：www.ewen.co

常熟市新骅印刷有限公司印刷

开本 787×1092 1/32 印张 7.75 插页 2 字数 103,000

2018 年 6 月第 1 版 2018 年 6 月第 1 次印刷

印数：1—3,100

ISBN 978‑7‑5325‑8837‑4

I·3279 定价：26.00 元

如有质量问题，请与承印公司联系

出 版 说 明

　　上海古籍出版社成立六十多年来形成了出版普及读物的优良传统。二十世纪，本社及其前身中华书局上海编辑所策划、历时三十余年陆续出版的《中国古典文学作品选读》与《中国古典文学基本知识》两套丛书各八十种，在当时曾影响深远。不少品种印数达数十万甚至逾百万。不仅今天五六十岁的古典文学研究者回忆起他们的初学历程，会深情地称之为"温馨的乳汁"；而且更多的其他行业的人们在涵养气度上，也得其熏陶。然而，人文科学的知识在发展更新，而一个时代又有一个时代的符号系统与表达、接受习惯，因此二十一世纪初，我社又为读者奉献了一套"新世纪文史哲经典读本"，是为先前两套丛书在新世纪的继承与更新。

"新世纪文史哲经典读本"凝结了普及读物出版多方面的经验：名家撰作、深入浅出、知识性与可读性并重固然是其基本特点；而文化传统与现代特色的结合，更是她新的关注点。吸纳学界半个世纪以来新的研究成果，从中获得适应新时代读者欣赏习惯的浅切化与社会化的表达；反俗为雅，于易读易懂之中透现出一种高雅的情韵，是其标格所在。

"新世纪文史哲经典读本"在结构形式上又集前述两套丛书之长，或将作者与作品（或原著介绍与选篇解析）乳水交融地结合为一体，或按现在的知识框架与阅读习惯进行章节分类，也有的循原书结构撷取相应内容并作诠解，从而使全局与局部相映相辉，高屋建瓴与积沙成塔相互统一。

"新世纪文史哲经典读本"更是前述两套丛书的拓展与简约。其范围涵盖文学经典、历史经典与哲学经典，希望用最省净的篇幅，抉示中华文化的本质精神。

该套丛书问世以来，已在读者中享有良好的口碑。为了延伸其影响，本社于 2011 年特在其中选取十五种，

请相关作者作了修订或增补,重新排版装帧,名之为
"中国古代文史经典读本",以飨读者。出版之后,广受
读者的好评,并于 2015 年被评为"首届向全国推荐中华
优秀传统文化普及图书"。受此鼓舞,本社续从其中选
取若干种予以改版推出,并得到国家有关部门的支持,
多种获得 2016 年普及类古籍整理图书专项资助。希望
改版后的这套书能继续为广大读者喜欢,为弘扬中华优
秀传统文化作出贡献。

上海古籍出版社

2017 年 6 月

目　　录

导　言

秦观（1049—1100），一个纯情词人。本字太虚，中年之后，有感于壮志难酬，慨然有归隐之意，因追慕汉代的马少游，遂改字少游，又别号邗沟处士、淮海居士，学者称淮海先生。其一生主要经历了宋神宗、哲宗两朝。这是王安石变法渐次失败、旧党重新走上政治舞台又再次退出的时期。此时，社会危机日益加剧，统治阶层内部斗争也日益激烈。秦观早期居家读书，入仕后卷入这一漩涡，最后因元祐党祸远谪岭南，客死藤州。

秦观作诗为文，专主情致。他常常为情所困，为情所累，终以此而得名。解读少游，就是解读一个"情"字。读通少游，也就理会得一个"情"字。情生于心。故冯煦《蒿庵论词》云："他人之词，词才也；少游，词心也。得之于内，不可以传。"什么叫词心？实际上便是能够孳生绵邈深情又能摇动人心的那颗艺术家的心灵。况周颐《蕙风词话》卷一云："吾听风雨，吾览江山，常觉风雨江山外有万不得已者在。此万不得已者，即词心也。"秦观于听风雨、览江山之外，备尝人生艰辛，故有"无端哀怨怅触于万不得已"，从而酿就了一颗多愁善感、包孕深情的词心。

道心惟微，人心惟危，词心惟真。世态变幻，人世沉浮，如何才能专诚守一，独自树立，成就生前身后之名？宋儒究"天理"以求本根，秦观探情源以守真性。说他为情所系，是指他率意、真诚、执着，无论亲情、友情、爱情、艳情，都出自肺腑，拳拳、缱绻、哀婉、沉郁。一切诗文，皆无虚言浪语。翻检《淮海集》，无论是诗是词是文，处处皆为真情熔铸，触目皆为肺腑肝胆。特别是他的词作，细腻婉美，刻画入微，最能感动人心。当时，与秦观同列苏门"六君子"之一的陈师道曾称之为"今代词手"，王灼又评之为"俊逸精妙"，张炎以为"体制淡雅，气骨不衰，清丽中不断意脉，咀嚼无滓"，后人更视之为婉约正宗。时至今日，其词犹流传众口，究其根源，正在其词之情韵兼胜。

"两情若是久长时，又岂在朝朝暮暮"，这样的情感体验，若非参透情关，岂能道出！

"自在飞花轻似梦，无边丝雨细如愁"，如此晶莹的词句，若非悟得本真，哪里觅得！

他为情所困。在《送钱秀才序》中，他如是说：

> 其凡夫思虑可以求索、视听可以闻见而操履可以殆及者，皆物也。歌酒之娱，文字之乐，等物而已矣。顾何足以殊观哉？《渔父》有云："沧浪之水清兮，可以濯我缨；沧浪之水浊兮，可以濯我足。"夫清浊因水而不在物，拘纵因时而不在己。

于歌酒、文字、清浊、拘纵之外，别守一番真情实意。这就是他的人生观。

人生遭际，世事沧桑，皆足以触动少游的情愫。听说老师苏轼遭受"乌台诗案"横祸，他立即从省亲半途折回，探问虚实。得知真有其事，即为文一抒内心的郁悒感伤。

在京师得意之时,他曾"始觉身从天上归"(《晚出左掖》),像孟郊"今日放荡思无涯"一般,意气洋洋。落第归去,即闭门却扫,日以诗文自娱。

王安石炙手可热之时,他不与之交游,而是向远贬黄州的苏轼请教诗文,待其人退处半山园之后,才递以诗文,结文字之交。

……

然而,一任至性真情驰骤,不以物欲闭真源的他,却终生数奇运蹇、仕途多舛。为男女之情所困,他寄迹于青楼酒肆,流连于红巾翠袖,两情依依,发为歌辞,深婉感人,却因而被政敌诬以"薄于行",对其德行人格进行攻击,阻其仕进之途。党争之中,他不处政要,又非党魁,若能清浊随物,或者顺水推舟,纵不能安享爵禄,也不至远谪岭表。但他却坚持操守,与师友酬唱,虽致怨罹祸,犹能怡然自若。被贬、被弃之后,于穷途末路之中,作诗为文,哀怨凄惋甚至凄厉,却无丝毫后悔之意、媚俗之辞。

　　情为生命之所寄，生命乃为情之所钟。以生命谱写情符，以命运奏响情音，天荒地老，至死不悔！

　　他又为情所累。南宋人李清照在《词论》中说他："即专主情致，而少故实，譬如贫家美女，虽极妍丽丰逸，而终乏富贵态。"这样的评价，虽有可议之处，却不能说全无道理。情致是文学作品的生命线。《颜氏家训·文章篇》云："王籍《入若耶溪》诗云：'蝉噪林愈静，鸟鸣山更幽。'……《诗》云：'萧萧马鸣，悠悠旆旌。'《毛传》曰：'言不喧哗也。'吾每叹此解有情致。"可见情致不外"情真而调逸，思深而言婉"，能于静谧之中，透露出深远幽美的韵味，"意在含蓄，如花初胎"（周济《宋四家词选序论》）。专主情致，便使得其词风清新雅丽，却少奔逸之气与雍容之态，有似水仙般清秀之骨，却少牡丹般富贵之姿。

　　词大盛于两宋，以婉约为正宗，以豪放为别调。诗词二体在抒情言志方面，也略有侧重：世称词为艳科，秦词专主情致，多受人褒奖；而以专主情致施之于诗，则有以词笔为诗之嫌，致使其诗似小词，乏风云气象，少鞍鞳之声,以至于有"女郎诗"之讥(晚期之作不在所论之列)。

更不幸的是,专主情致,还使后人知其词而略其诗文。过高的词名,掩去了他在诗、文、辞赋方面的成就。叶梦得《避暑录话》卷三记载:

> 苏子瞻(苏轼)于四学士中最善少游,故他文未尝不极口称善,岂特乐府。然犹以气格为病,故常戏云:"'山抹微云'秦学士,'露花倒影'柳屯田(柳永)。"

在苏轼眼里,他本是个诸体兼擅、全面发展的文人,词虽好却难免以"气格为病"。这跟我们现在关于秦观的印象是有很大差距的。造成这一结局,有后来者甄别选择的原因,更有秦词专主情致以至于独胜的原因。后人所接受的,总是前人的精华,流传后世既久且远的,更是精华里的精华。然而,撷取精华的过程,往往也是只取一点而不及其他的过程。试想:作为一个三举进士、再应制科的文人,曾经苦读兵书,有清一宇内之志,于策论中纵论天下大事，与当世豪俊交接，胸怀天下的志士，岂肯终老于香奁场屋、流连坊曲！后世不传其经世之文、治世之策、踌躇之志、纵逸之情，却传其应歌酬舞、酒后醉墨之词，真所谓作者未必然，读者未必不然！秦观以词名而不以诗文词兼胜留名后世，实在是一大不幸。

以意逆志，要想真正了解秦观，今天只能从解读其作品入手。秦观一生所作，不算存疑者，有文集四十九卷，计辞赋一卷，诗十四卷四百三十余首，文三十卷二百五十余篇，词三卷百余首，另有挽词一卷。其诗文之数，远过于词。于此可见，撰写歌辞，实在是他驰情戏笔之余事，并非专意于词者。考虑到这个原因，我们在讲评其代表性词作之外，还特地选了一部分诗、文、辞赋，目的就是想比较全面地介绍秦观，还原给今人一个比较完整的秦观。

——秦观，一个多情的文人。

一、耕读与漫游（1069—1078）

　　就现存作品看，能确切系年的秦观的最早作品是创作于熙宁二年（1069）的《浮山赋》，当时他是二十一岁。从这时开始到元丰元年（1078）这十年间，秦观的生活基本上以居家耕读与到附近都市漫游为主。青年时的秦观，绝非我们今天心目中那位文弱多情的词人。他喜读兵家书，理想高远，慨然有献身疆场，报效国家之宏图大志。他曾对挚友陈师道说："往吾少时如杜牧之强志盛气，好大而见奇，读兵家书，乃与意合，谓功誉可立致，而天下无难事。顾今二虏有可胜之势，愿效至计，以行天诛，回幽夏之故墟，吊唐晋之遗人。"熙宁五年，他二十四岁时，曾满怀激情写下了《郭子仪单骑见虏赋》，称赞郭子仪在回纥重兵包围之中，"虽锋无镆铘之锐，而势有泰山之压"，兵不血刃，创建奇功，抒写了一个青年文士对这位国家重臣的敬佩与羡慕之情。元丰初年，当史称忠义之臣的曾孝序调守边防之时，年轻的诗人又作诗相赠，"丹青傥不渝，与子同裳衣"（《寄曾逢原》），表达了诗人希望从军立功，报效国家的强烈愿望。作为一个年轻的布衣文人，秦观能如此关心国家大事，实在是一件不容易的事。

有壮志，还得寻找实现这一志愿的途径。读书入仕，是所有封建文人标准的人生模式，秦观也不例外。因此，秦观的耕读，基本上以读书求仕为目的。元丰元年，三十岁的秦观第一次入京应举。途中访苏轼于徐州，并与陈师道结识。过南京（今河南商丘）时，携李公择书访苏辙。夏天到达京师，遇钱节，相得甚欢。次年，在《送钱秀才序》中，秦观这样描写他们二人的交往：

> 去年夏，余始与钱节遇于京师，一见握手相狎侮，不顾忌讳，如平生故人。余所泊第，节数辰辄一来就，语笑终日去。或遂与俱出，遨游饮食而归；或

> 阙然不见至数决日，莫卜所诣。大衢支径，卒相觏
> 逢，辄嫚骂索酒不肯已。因登楼，纵酒狂醉，各驰驴
> 去，亦不相辞谢。异日复然，率以为常。

豪纵壮浪之态，跃然纸上，仿佛可以触摸到那颗跳动的心。其人性情，何其真率自然！不幸的是，秋试落第，他只能失意东归。参寥子作诗慰之，苏轼有和作，并有书相抚慰。这次应举失利，对他有相当的打击，初尝仕途艰难，自会对他年轻的性格产生一定的影响。

据《宋史纪事本末》记载："神宗熙宁四年二月丁巳，更定科举法，从王安石议，罢诗赋及明经诸科，专以经义、论策试士。"秦观自至和二年（1055）入小学，至熙宁四年（1071），年方二十三岁。在十六年寒窗苦读中，除了四书五经、佛老哲学及一些兵家书外，主要是学习诗赋。熙宁四年之后，受科举罢诗赋试经义论策的影响，他把学习的重点转到以经义论策为主。科举政策的改变，很可能是导致秦观应举失利的一大原因。但这一政策的改变，虽然推迟了他入仕的时间，却给了他熟练掌握多种文体的机会。秦观家居高邮城东四十多里的

武宁乡,家境并不富裕,只有"敝庐数间","薄田百亩",若无横祸大事,惟自足而已。因此,秦观年轻时曾从事过一定的田间劳动。耕读生活的节奏是缓慢的,这期间,他写了不少田园诗和闲适诗,既写春耕秋收的艰辛,也涉及官吏催租气焰逼人以及农户困顿可怜,还有表现农村生活安闲恬适、自得其乐以及莫名闲愁闲闷的,诗风淡雅清丽。如《纳凉》一诗,用自然清新的语言,写闲雅恬适的情致,颇有追步陶渊明的迹象。

耕读应举之暇,秦观还常到附近的扬州、楚州等地游赏。这其中,有一次漫游对他很重要:熙宁九年(1076)与孙觉(字莘老)、参寥子同游历阳(今安徽和县)之汤泉,得诗三十首、赋一篇。秦观这次游历,是与参寥、孙莘老相约同行的。孙莘老和参寥这两个人,都是与秦观关系密切且十分重要的师友。参寥与之为方外交,历时很久,其人与苏轼、曾肇(字子开)等当时文士有广泛交游,时时向他们推荐秦观诗文,为之延誉。孙莘老跟秦观有亲友关系,又是黄庭坚的岳父(外舅),本人也是当时知名的学者。与这些当时知名人士的交往,对激扬作者声名无疑是很有好处的。在漫游历阳时,三位文士彼此唱和,相互砥砺,写了大量的纪游诗,提高了秦观的诗艺。像"草隐月崖垂凤尾,风生阴穴带龙腥"(《和孙莘老游龙洞》),"宿鸟水干迎晓闹,乱帆天际受风忙"(《次韵子瞻赠金山宝觉大师》),都从不同角度摄下了大自然的美景,表达了诗人的愉悦心情。但漫游并不全是乐观的,有时也会遇到烦恼。《次韵参寥莘老》诗中有些笔墨颇与杜甫《茅屋为秋风所破歌》相似,"我垣既已颓,我栋又以挠。岂无一木支,横力难与较",即反映了现实生活中的困顿与无奈。这些作品,无论是旅途见闻,还是登览感怀,都写得十分清新明丽,时有尖新之句,醒人耳目。只是作品数量不多,而且多为和韵之作,未能完全显示诗人独特的个性与诗风,只能算是其诗歌的发轫时期。

与诗相比,秦观这时的词作却颇有一些新气象。各处游赏之时,或兴艳思,或有艳遇,或忆内,或怀人,或起千古幽怀,或寄意尘世之表。虽然这一时期的作品不多,但题材多样,不以男女恋情为主,显示出作者在词的题材上勇于开拓的气概。更值得注意的是,其表现男女之情的作品,虽然在总体风格上仍是继承晚唐五代以来的传统,但脱去了前人浓艳绮丽的习气,代之以清新妩丽之笔调,写艳情终有品格,淡语有味,浅语有致,已显示出专主情致与抒情深婉的风格特征。偶尔,秦观也用高邮一带的方言俚语写俗艳之情,虽不免狎邪,刻画形象却也生动,表现出词人向民间学习的积极态度。在扬州刘太尉家与一妓相遇,缠绻有情,赋《御街行》以见意;故乡村落中男女相悦相怨,以《品令》二首加以表现,可以视为这方面的代表作。

男女恋情之外,秦观此时还有一些词作明显表现出突破词作传统题材的特色。在高邮家居时,作《行香子》"树绕村庄"描绘农村风光,游览广陵、镇江等地时,赋《望海潮》"星分斗牛"写扬州之繁华富裕,抒怀古之幽情,以《长相思》"铁瓮城高"绘镇江之壮丽,起贫士之悲怀。苏轼乌台诗案发后,词人作《满庭芳》"红蓼花繁"词,寄超尘出世之思。这些都在题材上突破了五代小词的格局,表现出词人大胆创新的一面,与当时新声慢词兴盛的风尚相一致。虽然某些尝试还不能说十分成功，但都能做到格律娴熟、音韵和谐、情景交融、意象交炼。在开拓词的题材方面有一定的价值，也为后来词人熟练地运用将身世之感打并入艳情的艺术技巧，奠定了基础。

作诗填词之外，秦观还有一些辞赋，写得也有特色。秦观作赋，或许也是因为科举的原因。赋是一种韵文，与诗词较为接近。秦观早年写诗兼及作赋。通过作赋，他训练了对仗押韵和炼句炼意、安排布局的基本功。秦观对自己要求很高，力求斗难斗巧斗新，因此在辞赋方面也获得了很深的造诣。代表作除上面提到的《郭子仪单骑见虏赋》外，还有为纪念苏轼在徐州抗洪成功而作的《黄楼赋》。当时苏轼初任徐州太守，即遇特大洪灾，他亲自率领全城军民加固堤防。水退之后，苏轼建黄楼于城东，请秦观作赋。秦观在应举失利回乡之后，作成寄呈，深得苏轼赞许，说是"雄辞杂今古，中有屈宋姿"。明人胡应麟也评价说："此赋颇得仲宣步骤，宋人殊不多见。"也就是说，他的辞赋继承了屈原、宋玉和王粲的传统，与北宋的散文赋风格不完全一样。由于篇幅所限，这里只选《黄楼赋》进行分析，他赋则不得不割爱了。

田居四首(选一)

严冬百草枯，邻曲富休暇①。土井时一汲，柴车久停驾②。寥寥场圃空，跕跕乌鸢下③。孤榜傍横塘④，喧舂起旁舍⑤。田家重农隙，翁妪相邀迓。班坐酾酒醪⑥，一行三四谢。陶盘奉旨蓄⑦，竹箸羞鸡鹜⑧。饮酣争献酬⑨，语阕或悲咤⑩。悠悠灯火暗，刺刺风飚射。客散静柴门，星蟾耿寒夜。

① 邻曲：邻居，邻里。

② 柴车：简陋无所装饰的车子。

③ 跕跕(dié dié)：下堕的样子。《后汉书·马援传》："仰视飞鸢，跕跕堕水中。"

④ 孤榜：即孤舟。榜，船桨，此代指船。

⑤ 喧舂：喧闹的舂米声。舂，古时候以杵捣米。

⑥ 酾酒醪：饮用自制的浊酒。酒醪，浊酒。

⑦ 旨蓄：语本《诗经·邶风·谷风》："我有旨蓄，亦以御冬。"
后泛指所储的美味。

⑧ 臇：一种烹饪方法，以水煮。

⑨ 献酬：谓饮酒相酬劝。

⑩ 语阕或悲咤：言语中时或夹杂着慷慨悲吟之声，是酒酣放
浪时的情形。

《田居四首》表现的是农村中春夏秋冬四时之田园
风物，是作者早期的作品。当时秦观还没有出仕，在家
乡过着闲适的耕读生活。这里选注的是第四首，之所以
选这一首，除了因为它代表着作者这一时期的诗风外，
一个更重要的原因是，在田园诗中，描写春景、夏景乃至
秋景的较多，而写冬景者则不常见，这首诗所描写的正
是冬日农村生活的图景：枯萎的百草，闲置的柴车，空
寂的场圃，塘边的孤舟，如一幅静态的冬日农村图画。
欲坠的乌鸢以及嘈杂的舂米声，给画面增添了动感，同

时也增添几分寂寞,冬景特色,只在寥寥几笔中,即表现出来。生活在这样环境中的村民们,又是如此悠闲自适:彼此相邀,以浊酒相对,或殷勤劝酒,或吟啸抒怀,直到苍然日暮,直到寒夜星明。村民之质朴可爱,更给画面增添了神采。

整首诗,前半部分描述自然景色,后半部分写村民活动,仿佛一被邀畅饮村民述说全天所见所闻,历历叙来,质朴无华,毫无斧斫之迹。特别是中间写村民活动,与陶氏《移居诗》所写"过门更相呼,有酒斟酌之。农务各自归,闲暇辄相思。相思则披衣,言笑无厌时"极为相似。清人贺裳在他所著的《载酒园诗话》中曾这样说:"作田园诗,宜于朴直,其曲折顿挫在转落处,用意不穷便佳,不在雕饰字句。常有用雅字则俗,用俗字反雅者,犹服大练不可承以锦袜耳。"意思是田园生活以质朴为主要特色,描写田园生活的诗歌也应该以朴素为风格。秦观的这首诗可以说很能体现这一特色,只是诗中所表现的冬日之景与景中人物的活动,还没有完全融为一体,人还没有完全消融于自然之中,冬日田园真趣的演绎，尚未获得贴切逼真的表现，不免给人拖沓之感。《载酒园诗话·秦观》评这首诗时说："如'寥寥场圃空，跕跕乌鸢下'，'饮酣争献酬，语阕或悲咤。悠悠灯火暗，刺刺风飚射'，亦深肖田家风景，有储（光羲）诗之遗。"储、陶二人虽皆以田园诗著名，但储未能如陶纯粹洗练，也是众所周知的事实，贺裳将此诗与储光羲之作相对比，而不拟之以陶渊明之作，应该说是十分恰切的。

阮 郎 归

宫腰袅袅翠鬟松[①]，夜堂深处逢。无端银烛殒秋风[②]，灵犀得暗通[③]。　　身有恨，恨无穷，星河沉晓空[④]。陇头流水各西东[⑤]，佳期如梦中。

① 宫腰：细腰。《墨子·兼爱》："昔者楚灵王好士细腰，灵王之臣皆以一饭为节，胁息然后带，扶墙然后起。"后人遂称细腰为楚腰或宫腰。李商隐《碧瓦》诗："无双汉殿鬓，第一

楚宫腰。"

② 无端：没来由，无缘无故的意思。殒秋风：被秋风吹灭。

③ 灵犀：犀牛角，相传有灵异。《南州异物志》记载："犀有神异，表灵以角，因名灵犀也。"李商隐《无题》诗："身无彩凤双飞翼，心有灵犀一点通。"后指两人心心相通。

④ 星河：银河，河汉。

⑤ 陇头流水：古乐府《陇头歌辞》："陇头流水，流离山下。念吾一身，飘然旷野。"此喻分离。

这是一首艳情词，抒发幽会的欢乐与别后的憾恨。据《绿窗新话》卷上记载："秦少游在扬州刘太尉家，出姬侑觞。中有一姝，善擘筝篌。此乐既古，近时罕有其传，以为绝艺。姝又倾慕少游之才名，偏属意。少游借筝篌观之。既而主人入宅更衣，适值狂风灭烛，姝来且亲，有仓卒之欢，且云：'今日为学士瘦了一半。'少游因作《御街行》以道一时之景。"所提到的《御街行》词为："银烛生花如红豆，这好事、而今有。夜阑人静曲屏深，借宝瑟、轻轻招手。可怜一阵白蘋风，故灭烛，教相就。

花带雨冰肌香透。恨啼鸟、辘轳声晓，岸柳微风吹残酒。断肠时、至今依旧。镜中消瘦。那人知后，怕你来僝僽。"对照二词，其中有"可怜一阵白蘋风，故灭烛，教相就"，与此词所写"无端银烛殒秋风"正相吻合，疑两词所咏为同一情事。少游常游扬州，是熙宁（1068—1077）间事，故系于此。

"宫腰"一句，描写女子身段体态。腰身袅袅，鬓云松垂，美丽中透着多情，多情中又含几分冶荡。"夜堂深处逢"一句，表面是交代相逢的地点，实际上是为欢会预设了一个恰当的环境：本来就有夜色的遮掩，更何况又在厅堂深处，昏暗的光线，更为其冶情增加了保护。接下一句"无端银烛殒秋风"，环境更显幽暗。这种天赐的良机，完全出乎意料，太过突然，所以难免心生狐疑。"无端"二字，下得极妙，恰到好处地刻画出这对情人当时既紧张又兴奋的心理状态。《草堂诗余》续集即评："恐未必'无端'。"可谓体会到妙处。最终，幽会的兴奋胜过了疑虑，在幽暗的厅堂深处，两情相愿，两心相依，如灵犀暗通，炽情燃烧。这种情景，与南唐李煜《菩萨蛮》写与小周后幽会情景颇为近似:"画堂南畔见,一向偎人颤。奴为出来难,教君恣意怜。"但秦词多资环境烘托,李词则直涉情事,一深曲一直白,却都写得风情万种,绮艳无比。

按照正常的发展,词的下片应该具体描写幽会的刻骨铭心。但是,词人却没有这么处理,而是利用词乐过片的间隙,将笔锋一转,跳荡开去:"身有恨,恨无穷。"不言幽欢之乐,却连下"恨"字,将词情转向悲伤压抑。"恨"字连用,成顶针格,犹有强调作用。但是,"恨"的具体内容为何?"星河沉晓空",再荡开一笔,不作正面交代,似是欢情未尽而东方既白,以良宵苦短为恨。但随着词情的展开,则发现这样的理解,仍然是片面的,或者说是表面的。"陇头"二句,言分别之后,各自西东,似陇头之水,难以再聚。"佳期如梦中"一句收束,犹如揭开的谜底:原来整首词所写的一切幽会之欢,都是过去,都是枉然,此情可待成追忆,只是当时已惘然!那无穷之"恨",不仅仅指偷欢苦短,更含有情人各分东西的痛苦与无奈!

整首词用语清新,剪裁得当,形象突出,不支不蔓,犹如一支小夜曲般动人心扉。上片写两人幽会,前面三句或交代暗淡的环境,或描写女子婀娜的身姿,最后一句点出灵犀暗通,先抑后扬,颇能打动读者。下片又如过滤镜,给上片所写欢会的场景,涂上往日的情调,以乐衬悲,使之成为一张发黄的照片,见今日愁怀。以顿挫作势,擒纵随时。如此处理,使词情婉约深曲,一波三折,有激荡,有起伏,引人入胜。作为一个年轻的词人,能如此处理,可见其驾驭语言的能力已非常娴熟了。

八　六　子

倚危亭①。恨如芳草,萋萋划尽还生②。念柳外青骢别后③,水边红袂分时④,怆然暗惊。　　无端天与娉婷⑤。夜月一帘幽梦,春风十里柔情⑥。怎奈向、欢娱渐随流水⑦,素弦声断⑧,翠绡香减⑨,那堪片片飞花弄晚⑩,蒙蒙残雨笼晴。正销凝⑪,黄鹂又啼数声。

① 危亭：高峻势险的亭子。此指召伯埭斗野亭。因扬州分星于斗牛，故名斗野。

② 恨如二句：用南唐李煜《清平乐》词："离恨恰如春草，更行更远还生。"划尽，铲尽。

③ 青骢：青白二色相间的骏马，俗名菊花青。古诗词中多用青骢指男子所乘之马。

④ 红袂：红袖，指代佳人。

⑤ 无端句：意外地与美人相遇。

⑥ 春风十里：唐杜牧《赠别》诗："春风十里扬州路，卷上珠帘总不如。"

⑦ 怎奈向：奈何。

⑧ 素弦声断：意谓情侣间感情断绝。

⑨ 翠绡：绣着翠羽的香罗帕。

⑩ 那堪：不堪，经受不住。

⑪ 销凝：也作消凝，为销魂凝魂的约辞，出神之义。寓感怀伤神之意。

联系前面一首《阮郎归》以及词中所写之景来看，此词极可能是思念那位扬州恋人的作品。

与一般长调以铺叙渲染起笔不同，这首词一开始即情景交炼，将恋人别后的失意伤怀，与青青芳草这一特定春景糅合，巧妙地抒发别愁。芳草淡绿，为冷色调，南唐李煜有"离恨恰如春草，更行更远还生"的词句，特定的意象催生出凄然别离所欢的无限怅恨。接下来以"念"字统领，将"恨"意展开。分两个层次。第一层为"念柳外"至歇拍处，是别离之恨，以两个工整的对句，描摹分手之际，恋人难舍难分的特定动作，借整饬的句式，传幽渺之情思，最后绾合于"怆然"，将"恨"意引伸。第二层从过片至"翠绡香减"，是对旧日浓情的追忆。"无端"、"天与"等用语，"夜月"、"春风"之景，可知这段恋情实非正常或合乎礼法，因而也不可能长久，倏忽而来，倏忽而去。这对多情人而言，就越是难以释怀。弦断香减的想象之中，正不知有多少关爱与思念！"怎奈向"的感慨，又托出无奈之"恨"意。特别值得注意的是，"夜月"、"春风"两个对句，颇具特色，两句分别由三组名词性词组构成，不用动词勾连，在语法结构上与温庭筠"鸡声茅店月，人迹板桥霜"相似，意境营造也不略输。淋漓尽致地渲染出热恋意境,极富象征意味。结拍绘眼前之景,呼应开头处的"倚"字。飞落的花瓣,蒙蒙的残雨,哀婉的黄鹂之声,交织成凄凉的画面,既是实景,又是作者独自久倚危亭,黯然神伤的心境。晴雨变幻的天空,又何尝不是作者起伏不定难以排解的愁怀!

综观全词,少游以小令笔法作长调慢词,不仅语言高度凝炼,而且在感情抒发上曲折多变,蕴含深远。显著的表现主要在全篇的结构上:起首三句是"顿入"手法,直抒胸臆;至"念柳外"以下一转,"怆然暗惊"一顿;"无端"以下一折,"怎奈向"以下复又一转;"那堪"以下再一折,至歇拍"正销凝"再转接起首。真可谓随步换形,变化无端,层层转折,愈转愈深。全篇句句写怨意,却不露怨字,只以"恨"、"怆然"、"怎奈向"、"那堪"、"销凝"等语映带呼唤,将一腔幽怨,万种离愁,尽付深永意境之中,使人更觉意味醇厚。前人评少游词,常曰情辞相称或情韵兼胜,读这首《八六子》,殊觉此言不虚。前人有推之为写离情之典范者。宋人张炎在《词源》卷下云:"秦少游《八六子》云云,离情当如此作,全在情景交炼，得言外意。"可见情融于景，哀怨感怆，意余言外，韵味悠远，乃此词特点所在。不过，这样高超的艺术成就，是在继承的前提下升华而来。早在晚唐，杜牧就写过一首《八六子》，其歇拍云："正销魂，梧桐又移翠阴。"秦观此词歇拍"正销凝，黄鹂又啼数声"，无论在句法上，还是在意境上，皆受到小杜词的沾溉。可见在词史上继承传统是必不可少的，但继承之后必须有所发展，所以明人陈霆《渚山堂词话》云："秦首句云：'倚危亭。恨如芳草，萋萋刬尽还生。'二语妙甚，故非杜（牧）可及也。"这个评价，是客观而又公允的。

黄 楼 赋 并引

太守苏公守彭城之明年[①]，既治河决之变，民以更生[②]。又因修缮其城，作黄楼于东门之上，以为水受制于土，而土之色黄，故取名焉。楼成，使其客高邮秦观赋之。其词曰：

惟黄楼之瑰玮兮，冠雉堞之左方[③]。挟光暑以横出兮④,干云气而上征⑤。既要眇以有度兮⑥,又洞达而无旁。斥丹腄而不御兮⑦,爰取法乎中央。列千山而环峙兮,交二水而旁奔⑧。冈陵奋其攫拏兮⑨,溪谷效其吐吞。览形势之四塞兮⑩,识诸雄之所存。意天作以遗公兮,慰平日之忧勤。

縶大河之初决兮,狂流漫而稽天⑪。御扶摇以东下兮⑫,纷万马而争前。象罔出而侮人兮⑬,螭蜃过而垂涎⑭。微精诚之所贯兮,几孤墉之不全⑮。偷朝夕以昧远兮⑯,固前识之所羞。虑异日之或然兮,复厌之以兹楼⑰。

时不可以骤得兮,姑从容而浮游。傥登临之信美兮,又何必乎故丘⑱。觞酒醪以为寿兮,旅肴核以为仪⑲。俨云霄以侍侧兮,笑言乐而忘时。发哀弹与豪吹兮,飞鸟起而参差。怅所思之迟暮兮,缀明月而成词。噫变故之相诡兮,道传马之更驰⑳。昔何负而遑遽兮㉑,今何暇而遨嬉？岂造物之莫诏兮，惟元元之自贻㉒。将苦逸之有数兮，畴工拙之能为㉓。嚱哲人之知其故兮㉔，蹈夷险而皆宜㉕。视蚊虻之过前兮，曾不介乎心思㉖。

　　正余冠之崔嵬兮，服余佩之焜煌㉗。从公于斯楼兮㉘，聊裴回以徜徉㉙。

① 彭城：即徐州。

② 更生：再生。

③ 雉堞：即城墙。雉，古时城墙面积单位，长三丈广一丈为一雉。堞，女墙，即城墙上端凹凸叠起之墙。

④ 光晷：日光。

⑤ 干：触。

⑥ 要眇：精微。

⑦ 丹腠：油漆用的红色颜料。

⑧ 二水：即泗水和古汴渠。

⑨ 攫挐：争夺。喻山势高低攒簇。

⑩ 四塞：四境险要。《战国策·齐策三》：“今秦四塞之国。”

注云："四面有山关之固,故曰四塞之国也。"

⑪ 繄大河二句：繄(yì),语气助词。稽,至,到。

⑫ 扶摇：盘旋而上的暴风。《庄子·逍遥游》："鹏之徙于南冥也,水击三千里,抟扶摇而上者九万里。"

⑬ 象罔：即罔象之倒文,传说中的水怪。

⑭ 螭蜃：此处主要指兴雨之龙。螭,传说中无角的龙。蜃,大蛤蜊。

⑮ 孤堨：孤城。此指被洪水所围的徐州城。

⑯ 偷朝夕句：谓只求朝夕之安而无深谋远虑。

⑰ 厌：通"压"。

⑱ 傥登临二句：反用汉王粲《登楼赋》"虽信美而非吾土兮,曾何足以淹留"句意。信美,的确很好。故丘,故乡,故土。

⑲ 旅肴核：陈列菜肴果蔬之类进行祭祀。《诗经·小雅·宾之初筵》："笾豆有楚,肴核维旅。"

⑳ 传马之更驰：指不断奔波。苏轼因反对王安石新法,熙宁四年(1071)出倅杭州,七年,差知密州,十年移知徐州,奔走道途不休。传马,驿站之马。

㉑ 遑遽：遑恐不安的样子。

㉒ 岂造物二句：意思是难道人之祸福与天无涉,惟得人民之

助而已。这里主要指苏轼在徐州时,亲率士民御水,城得保全一事。造物,指天,大自然。诏,告,助。元元,指平民。

㉓ 将苦逸二句:意思是抑或人生的痛苦与逸乐有一定天数,谁能凭技能工拙而为之。畴,谁。

㉔ 毷:是。

㉕ 夷险:平坦险要。

㉖ 视蚊虻二句:用《庄子·寓言》"彼视三釜三千钟,如观雀蚊虻相过乎前也"之意,视大为小,毫不介意。

㉗ 正余冠二句:用屈原《离骚》"高余冠之岌岌兮,长余佩之陆离"句意。崔嵬,高耸的样子。焜煌,明亮。

㉘ 公:指苏轼。斯楼:指黄楼。

㉙ 裴回:即徘徊。徜徉:悠然从容的样子。

　　熙宁十年(1077)苏轼守徐州,适逢水患。据苏辙《黄楼赋·叙》:"七月乙丑,河决于澶渊,东流入钜野,北溢于济,南溢于泗。八月戊戌,水及彭城下。余兄子瞻适为彭城守,水未至,使民具畚锸、畜土石……自戊戌至九月戊申,水及城下者二丈八尺,塞东、西、北门,水皆自城际山，雨昼夜不止。子瞻衣制履屦，庐于城上，调急夫、发禁卒以从事。令民无得窃出避水，以身帅之，与城存亡。故水大至而民不溃。"水退之后，苏轼建黄楼于城之东门，元丰元年（1078）八月，楼成，苏轼请秦观为文以志其事，秦观因为急于准备科举考试，没有马上写，而是等到应试之后，于这年冬天才撰就这篇《黄楼赋》寄呈，事见《淮海集》卷三〇之《与苏公先生简》之二。

苏轼率民抗灾，秦观不在徐州，黄楼建成之后，秦观又没有到实地游赏，所以赋文多避实就虚，出以臆度。先写黄楼及周围形胜，绘其高耸之状；再写水患之烈，交代建楼之因；继而由叙发议，写登楼之乐及由此所引发的人生感慨；最后表达从游斯楼的愿望。全文虽始终以黄楼为中心，却不为其所拘，而将重点放在人生感悟上。当时，苏轼出仕杭州、密州、徐州等地，主要是跟王安石政见不一，反对新法而自请外任。党争的阴影，虽得其放旷的性格疗治，被排挤的失意，却在所难免。水灾之后修建黄楼，以土填水是冠冕的借口，某种程度上讲，很可能有追步其所崇拜的前辈滕子京谪守巴陵时重修岳阳楼的心理。秦观此赋，不仅写作背景与范仲淹写《岳阳楼记》相似，而且大有其笔意，深得斯人之用心。所以苏轼得此赋之后，有《太虚以黄楼赋见寄作诗为谢》加以赞许：

> 我坐黄楼上，欲作黄楼诗。忽得故人书，中有黄楼词。黄楼高十丈，下建五丈旗。楚山以为城，泗水以为池。我诗无杰句，万景骄莫随。夫子独何妙，雨雹散雷椎。雄辞杂今古，中有屈宋姿。南山多磐石，清滑如流脂。朱蜡为摹刻，细妙分毫厘。佳处未易识，当有来者知。

其中"雄辞杂今古，中有屈宋姿"，是就此篇骚体赋的特色而言，"南山多磐石，清滑如流脂"，乃就其温婉从容的风格立论，都可谓公允之评。但从此赋不重实写铺排来看，"朱蜡"二句，未免过誉。最后两句，说此赋另有"佳处"，只有来者能知，则就别有深意了，是否如上面分析的那样如范仲淹作《岳阳楼记》同一心态，读者自可见仁见智。

少游作此赋时，尚是一年轻学人，之所以能有如许成就，跟他曾用心于赋是密切相关的。李廌《师友谈记》中记：

> 秦少游论赋至悉，曲尽其妙，盖少时用心于赋甚勤而专，常记前人所作一二篇，至今不忘也。少游言凡小赋如人之元首，而破题二句乃其眉，惟贵气貌有以动人。故先择事之至精至当者先用之，使观之便知妙用。然后第二韵探原题意之所从来，须便用议论。第三韵方立议论，明其旨趣。第四韵结断其说，以明其题，意思全备。第五韵或引事或反说。第七韵反说，或要终立义。第八卒章，尤要好意思尔。少游言赋中工夫，不厌子细，先寻事以押官韵，及先作诸隔句。凡押官韵，须是稳熟浏亮，使人读之不觉牵强，如和人诗不似和诗也。

对于作赋的手法，能作如此"程式化"的阐述，可见其谙熟的程度。少游自己也曾承认："某少时用意作赋，习惯已成，诚如所谓，点检不破，不畏磨难，然自以华弱为愧。"所谓"华弱"，应该说主要是指柔美婉约的风格，但秦观能从严要求自己，以此为愧，性格之外，恐怕跟这种"程式化"的理解也有关系。除此之外，《师友谈记》中还有近十条记载少游论赋的文字。如赋之用典、赋之意脉、赋之用字、赋之属对、赋史、赋与杂文的差别、赋与词的相似等等。作为一位杰出的词人。他论赋与填词的关系特别引人注意：

> 少游言赋之说，虽工巧如此，要之是何等文字？
> 廌曰："观少游之说，作赋正如填歌曲尔。"少游曰：
> "诚然。夫作曲，虽文章卓越，而不合于律，其声不
> 和。作赋何用好文章，只以智巧钉铰为偶俪而已。
> 若论为文，非可同日语也。朝廷用此格以取人，而
> 士欲合其格，不可奈何耳！"

对于秦词，我们很容易从北宋词生香真色的总体特征着眼，首先是被其深挚的感情所打动，往往忽视其句法讲究、笔意细密等艺术技巧的运用。从这里所引的夫子自道中不难看出，秦观作词，并非一任情感流注，而是

以非常巧妙的艺术手法对感情进行处理,用赋的手法,犹如安排赋中八韵一般,恰如其分地分配感情,使之张弛有度,起伏合拍,从而以完美的形式去最充分地表达内容,用一句最常见的话来说,就是内容与形式的完美结合。另外,从"作赋何用好文章,只以智巧钉饾为偶俪而已。若论为文,非可同日语也"的话中可见,秦观对作赋和填歌曲都不甚看重,他所重视的是"为文",即策论之类关系国计民生者。这样的文学态度,跟他在后人心目中的词人形象,是有相当差距的。

南 乡 子

　　妙手写徽真①,水剪双眸点绛唇②。疑是昔年窥宋玉③,东邻,只露墙头一半身。　　往事已酸辛,谁记当年翠黛颦?尽道有些堪恨处,无情,任是无情也动人④。

① 徽真:崔徽的画像。崔徽,唐代歌妓,与裴敬中相恋相从数

月。裴敬中别去，崔徽相思不已，便请善画人像的丘夏为自己画像寄呈。词中所写，是否为丘夏所画崔徽真迹，已不可考。见唐元稹《崔徽歌并序》。

② 水剪双眸：形容眼睛明亮清澈。

③ 宋玉：战国时期楚国辞赋家，他在《登徒子好色赋》中描绘其东邻美女："天下之佳人，莫若楚国。楚国之丽者，莫若臣里。臣里之美者，莫若东家之子：增之一分则太长，减之一分则太短；著粉则太白，施朱则太赤；眉如翠羽，肌如白雪，腰如束素，齿如含贝。嫣然一笑，惑阳城，迷下蔡。然此女登墙窥臣三年，至今未许也。"

④ 任是句：用唐罗隐《牡丹花》诗中成句："若教解语能倾国，任是无情也动人。"

这首词当是受苏轼影响的题画之作。苏轼在元丰元年（1078）写过一首《章质夫寄惠崔徽真》诗，本年四月秦观赴汴京考进士，中途经徐州拜见苏轼，以长篇投赠。在此期间，可能看到过苏轼那首诗，因而写了此词。词之歇拍，很明显是从苏诗"当时薄命一酸辛"和"不如丹青不解语"化来，也能说明问题。

我国古代文化发展到宋代，全面走向成熟。本来，诗歌与书法、绘画，是三种彼此独立的艺术，但到此时却出现了相互结合的态势，题画诗大量出现，诗书画三位一体，线条、色彩与韵律相互沟通，诗的节奏、画的意境、书的气势，彼此相得益彰，给人以全面的审美感受。宋代走向繁荣的词，也很快成为题画的形式之一，而且，由于它表情更为婉约幽深，更能展示文人的情趣和审美，因而被广泛接受。这首词即体现了这一特色。

词先介绍画面布局，后抒感慨，格局十分工稳。上阕介绍画面上崔徽的形象。一代名妓，其美貌自不待言。"水剪"一句，从实处落笔，活画出崔徽明亮的双眸与红润的双唇，这是细部的特写。"疑是"以下三句，从虚处落笔，将崔徽与宋玉赋中的美女相比，用意虽仍在表现崔徽的美丽动人，但落笔的角度已经改变。"只露"一句，告诉读者此乃崔徽半身像，而且巧妙地刻画出画面上的崔徽娇丽动人、情意绵绵的姿态神情，在读者的心里"活"起来了。

下阕是观画所感，乃题画之作的常规，否则只介绍画面而不能从画面化开去，作品就不能发挥促人想象的作用，也就失去了补充画面的意义。"往事"二句，感叹崔徽与裴敬中的恋情。当年的崔徽曾寄语裴敬中，如果有朝一日她容貌不如画中人，那么她将以死报郎。结果崔徽因相思过甚，发疯而亡，可谓为情殒身，令人伤悲，所以词人有"酸辛"之叹。"谁记"一句，针对崔徽当年的誓言而发，既怜其情之可哀，又伤其殉情之勇，更有往事尘封之叹，且呼应上阕"水剪双眸"句。结尾三句乃产生的联想，从词人观画所感的角度，写出崔徽的"恨"、"无情"、"动人"。两用"无情"，结穴却在"动人"上，感情色彩非常浓烈。崔徽的美艳动人与词人的多情，彼此交融，增强了艺术感染力。

全词语言自然天成，词情深幽，有着极大的艺术张力。表面上看，词中都是寻常语言，并无锤炼之迹，但仔细寻绎，却可以看出字字皆不易得，颇具匠心。"疑是"、"只露"、"已"、"尽道"、"任是"等虚字的运用，使整首词充满灵动之气。

画 堂 春

落红铺径水平池,弄晴小雨霏霏①。杏园憔悴杜鹃啼②,无奈春归。 柳外画楼独上,凭阑手撚花枝。放花无语对斜晖,此恨谁知?

① 弄晴句:意指乍晴又有小雨,犹小雨与晴天相互戏弄一般。
② 杏园:地名,故址在今陕西西安大雁塔南。秦时为宜春下苑,唐朝时与慈恩寺南北相对,位于曲江池南,是当时新进士游宴的地方。杜鹃:相传为古蜀国君王望帝魂魄所化,常于暮春啼鸣,啼声凄苦。

这首词抒发无名的愁绪,写得十分感人。词中提到"杏园",乃唐代进士胜游之所。宋时往往借指汴京琼林苑,杨侃在《皇畿赋》中有句:"既琼林而是名,亦玉辇而是待。其或折桂天庭,花开凤城,则必有闻喜之新宴,掩杏园之旧名。"少游这里用"杏园憔悴",是喻指自己进士落榜。据此可知此词作于秦观第一次应举不第之时。元丰元年（1078）少游第一次应礼部试，失意而归。在过南都新亭时，他曾写过一首诗寄给王子发，其中有"柳枝芳草恨连天，暮雨朝云同昨梦"之句，所抒之情与此词相近。由此不难想象，其难以排遣的莫名愁绪，正是下第后的失落感。词写暮春残败之景，继而由景及人。刻画出词人落第之后，无语独对斜晖的失意形象。

愁绪作为一种思想感情，是很难表达的。古人写愁名句多多，五代南唐李后主有"问君能有几多愁，恰似一江春水向东流"的名句，以水拟愁，见愁之形。女词人李清照曾用"只恐双溪蚱蜢舟，载不动，许多愁"，写愁绪带来心理的沉重感，赋予愁情以重量。秦观自己也有"落红万点愁如海"的名句，也是借落红来抒愁情。但是，这首词写愁，却不用惯常习用的比喻手法，而是极力渲染愁绪的不可捉摸与难以追寻，虽然写得满纸愁情，却不从正面展示愁容愁貌，也不是简单地将愁绪外化为某种物象，而是通过一系列富有代表性的物象，营造凄迷气氛，以之打动读者，促使读者生发联想，产生愁绪。不写愁情而愁绪缕缕，渲染愁绪却不落言筌。特别是歇拍二句,更为精彩。清人沈谦在《填词杂说》中云:"填词结句,或以动荡见奇,或以迷离称隽,著一实语,败矣……秦少游'放花无语对斜晖,此恨谁知',深得此法。"无端哀怨,满腹愁情,皆从虚处渗透出来,只能意会,难以言传,堪称词家妙境。

二、如越省亲与再次应举（1079—1085）

科场失利之后，秦观回到故乡，受到世俗的讥嘲。从元丰二年（1079）到元丰八年（1085），为求入仕，他闭门却扫，更加勤奋地读书，时或出游以作心性调剂。元丰二年春，苏轼自徐州调任湖州，秦观跟参寥一起乘其便船南下，游览无锡、松江、湖州、何山等地，师友赓和酬唱，相得甚欢。五月梅雨声中，秦观辞别苏轼等人，省大父承议公与叔父秦定于会稽。但离别不久，就听说"乌台诗案"发，苏轼被逮。秦观闻知此变，立即勒马回舟，赶到苏轼任职的湖州打听消息。得知此事属实后，心情非常悲痛。苏轼作为一州太守，一朝被逮，系命胥吏，这在当时正在谋求功名的秦观心里，无疑又造成一个巨大的阴影。《雪上感怀》诗中,他沉痛地写道:"七年三过白蘋洲,长与诸豪载酒游。旧事欲寻无处问,雨荷风蓼不胜秋。"诗人曾于熙宁五年初访孙莘老于湖州,熙宁七年再访李公择,至元丰二年又随东坡至此,七年中前后三过,三次都是诗酒风流,没想到世事难料,欢声笑语犹在耳畔,往日旧事已然难寻,受他尊敬的老师苏轼又以诗获罪!诗以凝炼含蓄的手法,寄托了对往日欢娱的怀念,表达了对苏轼冤狱的深切同情。

秦观在越中遇上一位文士——会稽郡守程师孟(字公辟)。才子风流,彼此相惜,程公辟馆之于蓬莱阁,从游八月,酬唱百篇。《南池》、《越王》、《次韵公辟会蓬莱阁》、《次韵公辟州宅月夜偶成二首》诸诗,皆记此次游赏之欢;《望海潮》(群峰苍翠)、《满庭芳》(山抹微云)、(雅燕飞觞)、《南歌子》(夕露沾芳草)、《虞美人》(行行信马横塘畔)诸词,都是这次入越省亲的收获。但苏轼"乌台诗案"毕竟给他留下很深的印象,加上受家庭影响,本来崇佛,与佛道方外之士多有往还,所以省亲归来后,似乎有点心灰意冷,在给友人的书信中说："邑中少所往还,杜门忽忽,无以自娱,但支枕独卧,追惟旧游而已。"所谓的"旧游"应该就是指苏轼等文坛师友。这时,苏辙因为以所任官职代兄苏轼赎罪,被贬监筠州酒税,赴任途中经过高邮,秦观与之相从两日,相送一程,并托他带信给苏轼,表示慰问。这之后有一段时间,秦观常到扬州游玩,赏其名胜。当时,正好鲜于子骏调为扬州太守。此人跟苏轼关系也很不错,秦观到扬州游玩,他待之以礼,与之唱和甚多。政事之暇,鲜于子骏整理前人歌咏扬州篇什结为《扬州集》,嘱秦观作序,可见二人文交甚笃。这期间,秦观除与鲜于子骏诗文唱和外,还写有《望海潮·广陵怀古》等词,抒怀古之幽情,又有一些艳冶之思见之于词,见青年才子之风流俊赏。他搜求古迹,考订古文,诗酒流连,似乎全然不把应举入仕放在心上。这一段生活,秦观在《与李乐天简》里作过比较详细的描述,我们将在作品选读中作具体分析。

这种情绪不久就消散了。或许是因为家境困顿,或许是为了光宗耀祖,或许是为了给下面的兄弟们一个好榜样,秦观很快又开始为应举作准备。为适应科举的变化,他跟两位弟弟一起学习作制科之文,撰成策论多篇,并把《奇兵》、《兵法》、《盗贼》等,请苏辙带给远在黄州的苏轼,向他请教。苏轼在《答秦太虚书》中鼓励他多研究社会实际,撰成有用之策:"窃为君谋,宜多著书,如所示《论兵》及《盗贼》等数篇,但似此得数十首,当卓然有可用之实者,不须及时事也。"作为一个过来人,苏轼的这些话,是十分中肯的。但在那个时代,舍科举入仕外,似绝无平步青云之计,所以,随着考期的临近,秦氏兄弟更加用力于时文。元丰四年(1081)十月,秦观给苏轼写信,表达了再次赴京应试的意思。

那年他三十三岁。

有备而来的他,好像对次年春天的科举志在必得。《辇下春晴》诗显示了这样的心思。《王直方诗话》记:

> 参寥言旧有一诗寄少游。少游和云:"楼阁过朝雨,参差动霁光。衣冠分禁路,云气绕宫墙。乱絮迷春阔,嫣花困日长。平康何处是?十里带垂杨。"孙莘老读此诗至末句,云:"这小子又贱相发

也!"少游后编《淮海集》,遂改云:"经旬牵酒伴,犹未献《长杨》。"

意气风发,甚至有艳冶之思,当日驰思京师之状,可以想见。但是,事与愿违,这次应试最终又是失利。落第后秦观西游洛阳,作有《白马寺晚泊》、《春日杂兴》(其二)两首诗。读这些作品,可以很明显感觉到其意绪与进京时迥别。南归时,秦观绕道黄州谒见东坡,作《吊铸钟文》,托物言志,抒怀才不遇之感。在黄州为陈季常作《龙丘子真赞》,有慕其超然物外之志。过镇江,赋《长相思》词,叹士贫数奇之悲。

这是秦观在出仕之前所受的第三次打击。

一阵消沉之后,他又开始发愤读书了。从《精骑集序》、《逆旅集序》等文章里可以看出,日渐老成的秦观,在这次失败之后,开始对自己作深刻反省。他不再以自己能文自诩,而是更加扎实地进行基本功训练。针对自己记忆力不好的毛病,他手抄经典,汇编成册,时时讽诵,为下次冲刺作充分的准备。

与此同时,朝廷中的政局也在悄悄地发生着改变。

王安石变法在一班轻进之士的手中，越来越失去原意，神宗一直对苏轼等旧党人士有所关注，只是由于党争太激烈，所以不便起用。元丰七年（1084）东坡自黄州量移汝州，是一个重要的信号。这年秋七月，东坡舟行至金陵，谒见已罢相闲居的王安石于蒋山半山园（在今南京中山门内）。两位文士在摆脱政治干扰之后，成了诗坛上的好朋友。当时，东坡也向荆公推荐少游，王安石读其诗文后，在《答苏子瞻荐秦观书》中称赞道："示及秦君诗，适叶致远一见，亦谓清新妩丽，鲍照似之。公奇秦君，口之而不置；我读其诗，手之而不释。"可见叶致远读后也非常赞许。新旧两党人物，都推许其诗，也可从一个侧面反映秦观诗歌确实很有特色，经得起推敲把玩。不久，秦观得知老师已到金陵，即前往迎接。八月十九日，在金山与东坡相会。十月，东坡至高邮与秦观相会。可以想象，这次相会气氛是十分融洽的。相传高邮的文游台，即是苏轼、孙莘老、王定国、秦少游四贤聚会之所。历经磨难的苏轼，对这位出类拔萃的学生十分关心，在自己处境艰难之时，犹时时加以劝导指点，这时更是不遗余力地奖掖推挽。

多年的砥砺，加上知名人士的推重，秦观的入仕之途总算平坦起来……

纵观少游这一阶段的活动，除闭门却扫，以文史自娱外，主要有省亲、游历、应举等，这就决定他这一时期作品以纪游之作为多，在集中占了压倒性的多数。特别是与苏轼、黄庭坚等当时文坛极具个性的人的交往唱酬，使他的诗歌更趋成熟，显示出个性。王安石评其诗"清新妩丽"，这四个字也可以说是这一时期秦观诗歌的主要风格。《还自广陵四首》以及越中所写的纪游诗，都富有这样的特色。其中《荷花》一诗，不仅描写了雨后荷花的娟净，而且借以抒怀人之思，寓不遇之感。从荷写到美人，再由美人寄寓诗人的身世感慨，很能打动人。《游鉴湖》也是清丽之作中的精品。元丰二年，他的同门好友张耒有诗论之曰："秦子我所爱，词若秋风清。萧萧吹毛发，肃肃爽我情。精工造奥妙，宝铁镂瑶琼。"（《寄答参寥五首》之三）吴曾《能改斋漫录》卷一一又记："李公择尚书初见少游上正献公（吕公著）投卷诗云：'雨砌堕危芳，风轩纳飞絮。'再三称赏云：'谢家兄弟得意诗，只如此也。'"可见"清新妩丽"之评，正合秦观诗风。

跟诗一样，秦观这时的词也显得成熟了许多。不仅数量增多，手法技巧也日益娴熟。言情之作，旖旎传情，缠绵哀怨；登览抒怀，词情浓郁，收纵自如。越中与恋人相别，赋《满庭芳》（山抹微云）以叙别离苦情，情真景美，意在言外，有唱叹之妙。在当时即受到广泛的关注。晁无咎赞道："近世以来作者，皆不及秦少游。如'斜阳外，寒鸦数点，流水绕孤村'，虽不识字，亦知是天生好言语。"（宋魏庆之《诗人玉屑》卷二十一引）苏轼极称之，取其首句称词人为"山抹微云君"。直到词人老去，此词魅力犹未稍减。《铁围山丛谈》卷四记：

（范）温尝预贵人家会。贵人有侍儿，善歌秦少游长短句，坐间略不顾温，温亦谨，不敢吐一语。及酒酣欢洽，侍儿者始问："此郎何人耶？"温遽起，叉手而对曰："某乃'山抹微云'女婿也。"闻者多绝倒。

范温是范祖禹第二子，字元实，著有《潜溪诗眼》，自然是词坛新手。他们两家订亲时，少游作有《婚书》，历叙他对范家的关系："早年拥篲，尝趋大丞相（范百禄）之门；末路绅书，实佐先翰林（指范镇）之事。"祖禹亦有《纳采启》云："某第二子温，朴愚粗立，日训义方；贤女令淑有闻，尚勤母教。"祖禹与秦观，也有诗唱和，后亦同坐党籍而死于贬所。当年侍儿因能歌"山抹微云"而矜持，范温因是"山抹微云"之女婿而受尊重。此词流传之广泛，影响之深远，可想而知。

龙井题名记

元丰二年中秋后一日，余自吴兴过杭，东还会稽，龙井辨才法师以书邀予入山①。比出郭，已日夕。航湖至普宁②，遇道人参寥，问龙井所遣篮舆③，则曰："以不时至，去矣。"

是夕，天宇开霁，林间月明，可数毛发。遂弃舟，从参寥杖策并湖而行，出雷峰④，度南

屏⑤,濯足于惠因涧⑥,入灵石坞⑦,得支径,上
风篁岭⑧,憩龙井亭,酌泉据石而饮之。

自普宁经佛寺十,皆寂不闻人声。道旁庐
舍,或灯火隐显,草木深郁,流水激激悲鸣,殆
非人间有也。行二鼓矣,始至寿圣院⑨,谒辨才
于潮音堂。明日乃还。

① 辨才法师:俗姓徐,名元净,字无象,杭之於潜人。年十六
　落发,十八岁就学于天竺慈云法师,二十五岁赐紫衣及辨
　才号,隐于钱塘之天竺山。元丰二年,退居龙井之寿圣院。

② 普宁:佛寺名,在雷峰塔下。后周广顺元年建,号安吴寺,
　宋大中祥符初改额为普宁。

③ 龙井:本是杭州地名,这里指龙井寿圣院,辨才居此。篮
　舆:竹轿。

④ 雷峰:又名中峰,据《咸淳临安志》卷二三:"雷峰,在净慈
　寺前,郡人雷氏筑庵居之,故名。"

⑤ 南屏:山名,据《咸淳临安志》卷二三:"南屏山,在兴教寺
　后,怪石丛秀,中穿一洞,上有石壁若屏障然。"

⑥ 惠因涧：杭州地名，在赤山惠因寺侧。

⑦ 灵石坞：杭州地名。《光绪杭州府志》卷三三云："灵石山，在麦岭、风篁岭之中路，一名积庆山，上多奇石，时时见瑞光，故曰灵石。中有坞，路最深杳，人迹罕至，惟樵子往来其间。"

⑧ 风篁岭：《咸淳临安志》卷二六："风篁岭，在钱塘门外放马场西，路通龙井，岭最高峻。元丰中，僧辨才师淬治修篁怪石，风韵萧爽，因名曰风篁。"岭上有龙井亭，是辨才在龙井旁所建，东坡书匾。

⑨ 寿圣院：即龙井延恩衍庆院。原名报国看经院，宋熙宁中改为寿圣院。院内有潮音堂，亦为辨才修葺而成。《咸淳临安志》卷七八《龙井延恩衍庆院》："元丰二年，辨才大师元净自天竺退休兹山（风篁岭），始鼎新栋宇及游览之所，有……潮音堂……而二苏、赵、秦诸贤皆与辨才为方外交，名章大篇，照映泉石，龙井古荒刹，由是振显，岂非以其人乎？"

　　题名记是一种文体。据《文体明辨》称："题名者，记识登览寻访之岁月，与其同游之人也。其叙事欲简而赡,其秉笔欲健而严。独《昌黎集》有之,亦文之一体也。"这段话中,对"题名记"文体属性的介绍基本正确,但从秦观这篇"题名记"却又可以很确实地判断,《文体明辨》所说"独《昌黎集》有之"是不够准确的。

秦观的这篇题名记,可以当作一篇精美的小品来读。整篇文章,如铺纸作画,先是含毫凝思,紧接着是兴笔挥洒,最后是随意点染。第一段简单介绍出游的原因,其中"比出郭,已日夕"的时间交代,看似轻松自然,实则为后面的月夜遨游埋下了伏笔。而辨才派来迎接的人"以不时至,去矣",更是导致这次夜游的直接原因。寥寥数笔,似闲实紧。

第二段写月下游赏之别趣,最为精彩。"天宇开霁"三句,写中秋后一夕的月下美景。文章不作具体摹画,却颇得渲染之妙,寥寥数字,即给人秋气朗朗,秋月皎皎之感。"遂弃舟"三字,写出了作者面对皓月为之感动而弃去羁绊的心理变化。也许他曾因出城太晚而后悔,也许他曾因迎接者离去而不快,但这些心理阴影都被那一轮明月抹去。于是作者跟友人一道,兴致勃勃地踏月夜游，一路上经过了雷峰塔、南屏山、惠因涧、灵石坞、风篁岭等地。这些都是杭州有名的风景点。不难想象，这些佳景胜处，在皓月之下别具风姿。可能是中途的小憩或者解渴，更可能是流连于胜景，他们曾在惠因涧"濯足"，又曾于龙井亭酌泉。这两个动作描写，细致传神，刻画出月夜长游之时特有的潇洒风度与闲适情味，别有一番野趣。

最后一段交代沿途所遇之景物及环境气氛，虽是补笔，却断不可少。作者这次旅行，是在一种非常特殊的心境下进行的。当时，作者与他的老师苏轼分手不久，本打算从会稽省亲返回时再到苏轼的湖州任所相聚畅叙，没想到突然之间"乌台诗案"发，苏轼从一位驻守一方的太守沦为御史台的阶下囚。作者得知此事，立即从省亲途中折回打听消息，在得知属实后，才再赴会稽。辨才、参寥，跟秦观一样，都与苏轼交往甚密。在这样的背景下，秦观途经杭州，受辨才之邀，入山相叙，可想而知是彼此之间惺惺相惜之意。作者本接受佛道思想，加上与之相随相访者都是方外高士，心境自然与常人有

异。所以这最后一段记景,以寂静凄凉为基调。这样的
月夜行游,与当时作者的别具情怀可谓相生相映,因而
特别能催生其独特的感受。一年之后,苏轼在黄州贬
所,从辨才、参寥派去看望他的人那里得到了秦观的这
篇《题名记》,为作《秦太虚龙井题名记跋尾》云:

> 览太虚《题名》,皆余昔时游行处,闭目想之,
> 了然可数。始予与辨才别五年,乃自徐州迁于湖,
> 至高邮见秦太虚、参寥,遂载与俱。辨才闻余至,欲
> 扁舟相过,以结夏未果。太虚、参寥又相与适越,云
> 秋尽当还。而余仓卒去郡,遂不复见。明年,余谪
> 居黄州,辨才、参寥遣人致问,且以《题名》相示。
> 时去中秋不十日,秋潦方涨,水面十里,月出房、心
> 间,风露浩然。所居去江无十步,独与儿子迈棹小
> 舟至赤壁,西望武昌山谷,乔木苍然,云汉际天。因
> 录以寄参寥,使以示辨才。有便至高邮,亦可以寄
> 太虚也。元丰三年八月六日记。

虽然在这篇跋尾里,苏轼没有正面赞美秦观此作,

但从记中可以看出，他得到这篇《题名记》后，是中秋后不到十天的时候，对朗月赏清文，肯定给这位大文士留下了很深的印象。两年之后，苏轼于中秋之夜，泛舟赤壁，撰成千古不朽的名篇《赤壁赋》。联系这篇《跋尾》以及《赤壁赋》中所绘之江中月景来看，很可能秦观《题名记》曾启发过苏轼的创作，至少，这篇《题名记》所写朗月夜游，跟他本人所记赤壁赏月，都在他心中留下了深刻的印象。而苏轼在另一篇《承天寺夜游》的小品中所描绘的景色，更是奇绝妙绝，与此《题名记》的风格也尤为相近，是否也受了秦观此篇的启发？读者自可仁者见仁，智者见智。

一轮明月，激起了多少饶有诗意的情怀！

满　庭　芳

红蓼花繁①，黄芦叶乱，夜深玉露初零②。雾天空阔，云淡楚江清③。独棹孤篷小艇，悠悠过、烟渚沙汀④。金钩细，丝纶慢卷，牵动一潭星⑤。　　时时,横短笛,清风皓月,相与忘形⑥。任人笑生涯,泛梗飘萍⑦。饮罢不妨醉卧,尘劳事、有耳谁听⑧！江风静,日高未起,枕上酒微醒。

① 红蓼:草名,多生于水边,花红色,呈穗状。

② 玉露初零:白露开始下降。

③ 楚江:泛指长江中下游地区之水,因古属楚国,故称。

④ 烟渚:雾气笼罩的小洲。唐孟浩然《宿建德江》:"移舟泊烟渚,日暮客愁新。"

⑤ 金钩三句:旧题晋王嘉《拾遗记》卷六:"(宣)帝常以季秋之月,泛蘅兰云鹢之舟,穷暑达夜,钓于台下。以香金为钩,霜丝为纶,丹鲤为饵,钓得白蛟,长三丈,若大蛇,无鳞甲。"

⑥ 忘形:不拘形迹。《庄子·让王》:"故养志者忘形,养形者忘利,致道者忘心矣。"

⑦ 泛梗飘萍:喻指生活漂泊不定。

⑧ 尘劳事:佛家语,谓扰乱身心的俗事。《圆觉经疏抄》:"尘

是六尘，劳谓劳倦。由尘成劳，故名尘劳。"

自从李清照提出少游"专主情致"，后人又将他推为婉约正宗，似乎这位词人就跟多情结下了不解之缘，没想到他也有"忘情"的时候。这首《满庭芳》词就是作者以渔父自喻，抒发其超然物外，忘情尘世的情怀。词人家住苏北里下河地区，多河湖港汊，蓼花芦苇，盛产鱼鲜虾蟹。词人于元丰元年应试落第，曾受到世俗的讥笑，其《与苏公先生简》中曾经提及。加上又受苏轼乌台诗案的影响，故而生出张翰东归之心，见诸吟咏。对照此篇与前面的《龙井题名记》，二者所记季节、时间、天光月色都颇为相似，可初步确定此词很有可能就是当时在杭州所作。

与前此渔父词多是小令不同，作者第一次以长调慢词的形式写渔父词，可以说对长调题材有所突破。词写月下江天清泠景色，营造空灵静谧氛围，抒写渔父怡情山水、忘怀尘世之思，给人表里俱澄澈之感。犹为惊警者，"金钩细"三句，摹画出渔父一丝牵动满潭星辰意境,设象新颖,气象浑涵,高逸之中自饶豪情,历来最受称道。"清风皓月,相与忘形"两句,更有同与大道相与物化之意,隐然有仙风道骨。此种情怀,若孤立地看,绝不会将之与"专主情致"之秦少游相联系。所以,在《增修笺注妙选群英草堂诗余》下卷之中,此词即被误列张子野(张先)名下,题作"渔舟"。可见,作家风格多样,少游不"专主情致",不仅在其后期有突出的表现,而且在其前期也是有所表现的。

游　鉴　湖

画舫珠帘出缭墙[①],天风吹到芰荷乡[②]。水光入座杯盘莹,花气侵人笑语香。翡翠侧身窥渌酒[③],蜻蜓偷眼避红妆[④]。葡萄力缓单衣怯[⑤],始信湖中五月凉[⑥]。

① 缭墙:围墙。

② 芰荷:《嘉泰会稽志》卷一七:"芰荷,无藕,卷荷也。与华

偶生,出乎水上……山阴荷最盛……出偏门至三山多白莲,出三江门至梅山多红莲,夏夜香风,率一二十里不绝,非尘境也。"

③ 渌酒:清酒。

④ 蜻蜓偷眼:化用杜甫《风雨看舟前落花戏为新句》:"蜜蜂蝴蝶生情性,偷眼蜻蜓避伯劳。"

⑤ 葡萄:指葡萄酒。

⑥ 湖中五月凉:杜甫《壮游》诗中有"镜湖五月凉"之句,此用之。

　　本诗作于元丰二年(1079)五月,当时作者在越州省大父承议公及叔父秦定。鉴湖,即镜湖,在会稽(今浙江绍兴)。东汉永和间太守马臻筑塘立湖,人获其利,风景秀丽。东晋王羲之赞之:"山阴路上行,如在镜中游。"后世文士题咏亦多。此诗所写,即是作者游湖所见。

　　阴历五月,已是仲夏时节,春花已谢,芰荷独盛,此时入湖,正为赏荷而来。而荷之神髓,不在婀娜多姿,不在秾丽富贵,而在冰清玉洁,幽香袭人。所以诗以最后一个"凉"字为诗眼,紧紧抓住荷花的这一特色来表现五月鉴湖的神韵。诗写天风吹送,写水光入座,写花香侵人,写翡翠(碧绿的荷叶)窥渌酒,写酒力缓、单衣怯,全从游赏者的感受出发,处处皆着"我"之色彩,既再现湖中色彩斑斓的美景,又透露出"我"对鉴湖的喜爱与欣赏。湖中之"凉"景,皆化为"我"内心之"凉爽",鉴湖荷花之宜人,自在不言之中。

作为一首早期的作品,此诗很能体现年轻诗人清丽柔婉的美学追求。鉴湖夏景,本自清丽,诗人用音韵流美的七言律体加以表现,且遣词造句以柔婉为主,"画舫"、"珠帘"、"缭墙"、"杯盘莹"、"笑语香"、"翡翠"、"红妆",巧加修饰,营造出明艳旖旎的艺术境界,给人以特别的柔美秀丽感。"翡翠侧身窥渌酒,蜻蜓偷眼避红妆"二句,特写局部之景,色彩明丽映衬,神态逼真传神,尤其显得婉媚顾盼,惹人生怜。对于作者这种美学追求,明人瞿佑在《归田诗话》中说:"'闭门觅句陈无己,对客挥毫秦少游',山谷诗喻二人才思迟速之异也。……淮海诗如'翡翠侧身窥绿酒,蜻蜓偷眼避红妆',艳冶之情可见。二人他作亦多类此。后山宿斋宫,或送绵半臂,却之不服,竟感疾而终。淮海谪藤州,以玉盂汲水,笑视而卒。二人临终,屯泰不同又如此,信乎各有造物也!"将秦观的诗风与其个性相联系,分析不无道理。后人元好问以"女郎诗"概其全部风格,恐怕也跟作者精致完美的审美追求有关。

眼 儿 媚

　　楼上黄昏杏花寒①,斜月小阑干。一双燕子,两行归雁,画角声残②。　　绮窗人在东风里③,无语对春闲。也应似旧,盈盈秋水,淡淡春山。

① 杏花寒:指"雨水"节气中。《花候考》:"雨水:一候菜花,二候杏花,三候李花。"
② 画角:军中号角,发音哀厉高亢,用以警昏晓。

③ 绮窗：雕绘饰纹的窗棂。

本篇《淮海居士长短句》失载，录自宋何士信《草堂诗余》卷上，亦见明张綖《诗余图谱》以及《蓼园词选》。《花草粹编》或以为左誉作，今人赵万里予以否定，又以为阮阅作，但阮词较为俚俗，与此词风格不类。从词情风格上看，我们仍认为是秦观作较为可信。清人黄了翁谓此词为"久别忆内"之作，结合词中感情，似应作于元丰二年（1079）春间。当时词人南赴会稽省大父承议公及叔父秦定，又与苏轼、参寥等人同船至湖州，直至岁暮始还高邮。词人年方三十一岁，与妻子徐文美伉俪情深，遽然久别，才子多情，难免眷恋相思。上片写词人眼前所见，写景细腻，刻画入微，精巧之中，透露出词人多情而又多愁的内心世界。下片是遥思佳人，采用层层推进的写法，"东风——春闲——绮窗——佳人——明眸——淡眉"，由全景到特写，展现出一幅佳人春愁图。结尾两句，特别突出如盈盈秋水般的双眼和如淡淡春山般的双眉，如一组特写镜头，活画出闺中人的秀美动人，透过其形象，还可看出其善良、娴静、多愁的性格特征，可谓神形兼备之妙笔。再者，本是己念人，却偏写人念己，从对方着笔，全是悬思，翻进一层抒写相思，效果也更为强烈。清人黄了翁赞之曰："语语是意中摹想而得，意致缠绵中绘出，尽是镜花水月，与杜少陵'今夜鄜州月'一律同看。"（《蓼园词选》）

满 庭 芳

山抹微云①，天连衰草，画角声断谯门②。暂停征棹③，聊共引离樽④。多少蓬莱旧事，空回首、烟霭纷纷⑤。斜阳外，寒鸦万点，流水绕孤村⑥。　销魂⑦。当此际，香囊暗解，罗带轻分⑧。谩赢得青楼、薄倖名存⑨。此去何时见也？襟袖上、空惹啼痕。伤情处，高城望断⑩，灯火已黄昏。

① 山抹句：状淡云飘荡于山间之貌。作者有《与子瞻参寥会

松江得浪字》诗云:"离离云抹山,窅窅天黏浪。"

② 谯门:城门楼,用以瞭望敌情。

③ 征棹:行舟,即将远航之船。

④ 离樽:指饯别之酒宴。

⑤ 烟霭:云雾。

⑥ 寒鸦二句:化用隋炀帝"寒鸦千万点,流水绕孤村"诗(见宋叶梦得《避暑录话》卷二)。

⑦ 销魂:梁江淹《别赋》:"黯然销魂者,唯别而已矣。"

⑧ 香囊二句:抒别离之情。香囊,古时盛香料的袋子,常佩于身上。罗带,即香罗带,古时男女定情之物,亦用以表示婚配。

⑨ 谩赢得句:化用唐杜牧《遣怀》诗:"十年一觉扬州梦,赢得青楼薄倖名。"

⑩ 高城句:化用唐欧阳詹《初发太原途中寄太原所思》诗:"高城已不见,况复城中人。"

据宋胡仔《苕溪渔隐丛话》后集卷三三引《艺苑雌黄》云:"程公辟守会稽,少游客焉,馆之蓬莱阁。一日,席上有所悦,自尔眷眷不能忘情,因赋长短句。所谓

'多少蓬莱旧事,空回首、烟霭纷纷'是也。"今人或以"蓬莱旧事"指秘书省,或指海上仙山,似皆不当。少游于元丰二年(1079)五月赴会稽省亲,与郡守程公辟相得甚欢。有《谢程公辟启》、《别程公辟给事》等诗文为证。其诗中有"回首蓬莱似梦中"句,与词中语正相吻合,可证胡仔之言为不虚。

在少游的长调慢词中,允推此章成就为高。词人用微云、衰草、征棹、烟霭、斜阳、寒鸦、孤村、高城、灯火与凄清画角声营造气氛,既作别离时环境交代,又渲染出情侣离别时特定的凄凉氛围;既勾画出从斜阳山外到灯火黄昏的时间线索,又衬托出凄然分手时感伤无奈的情怀。中间只实写"停棹"、"共引"、"解香囊"、"分罗带"四个动作,简单地勾勒出别离场面,其余皆从虚处落笔,出之以感慨,特别是上下阕两用"空"字,一写欢娱往事成空,一状今日别绪茫然,又以"此去何时见也"相问,见出将来重逢无期,把别绪离情延伸到过去和未来,有痛、有哀、有惜,彼此交织纠缠,绾合成"伤情"二字,在作者心头挥之不去。虽然满纸悲情,却纯是感慨,不着实象,缠绵幽怨,犹真气贯注，极尽渲染之能事，却能给人空灵之感。

将此词与柳永《雨霖铃》相比，二词皆写与恋人（实为歌女）分离，题材相近，但手法却很不同。柳词以铺叙见长，上阕多叙实景，下阕虽有"今宵酒醒何处？杨柳岸、晓风残月"于虚处映带，颇具生气，但接下皆作虚笔，奔泻而下，一览无余，仍是铺叙手段。此词则不同，虽是长调慢词，却不纯用铺叙手法，而是虚景与实景交织，且融情入景，虚实、情景交融，呈顿挫之势，回环往复，有一唱三叹之妙。此词一出，不但广传淮楚，而且远播京师，当时及后世论秦词者，无不以此首为例。其师苏轼虽以"柳七句法"相讥，却又以"山抹微云君"相呼，可见虽因词学审美追求不同而略有微词，但在总体成就上还是持肯定态度的。

另外值得一提的是，"斜阳外"三句化用隋炀帝诗句颇有妙处。清人贺贻孙《诗筏》评曰："余谓此语在隋炀帝诗中，只属平常，入少游词特为妙绝。盖少游之妙，在'斜阳外'三字，见闻空幻。又'寒鸦'、'流水'，炀帝以五言划为两景，少游长短句错落，与'斜阳外'三景合为一景,遂如一幅佳图。"意思是说,本是一幅统一的画景,诗因句法所限,强分为二,即伤其真趣,词以长短错落句式绘之,便能见其精神。原本看似平常而内蕴丰富的两句诗,在经过由整齐的五言变为长短句的过程中,通过语言组合的改变,将其丰富内蕴掘出,遂成绝妙好词。诗词体性之别,于此亦可见一斑,而作者妙笔生花的本领,也确实令人佩服不已。

行 香 子

树绕村庄,水满陂塘①。倚东风、豪兴徜徉②。小园几许,收尽春光。有桃花红,李花白,菜花香。　　远远苔墙③,隐隐茅堂。飏青旗、流水桥旁④。偶然乘兴,步过东冈。正莺儿啼,燕儿舞,蜂儿忙。

① 陂塘:池塘。

② 徜徉:来回走动。

③ 苔墙：长满青苔的墙壁。

④ 青旗：酒店的市招。唐白居易《杭州春望》诗："红袖织绫
夸柿蒂，青旗沽酒趁梨花。"

这首词有三个地方值得肯定。首先是其题材。词
为艳科，歌咏农村者极少。五代《花间集》中由孙光宪
《风流子》开其端，北宋苏东坡继起，有《浣溪沙》词一
组，咏徐州石潭道上风光，富有乡土气息。接下来就是
秦观此词了。但少游此词虽写农村风光，风格却迥然不
同：他只写自己对村景的感受，主要通过赋笔铺陈的方
式描写环境，词人的幽情闲致，是透过所撷取之景以及
取景的角度表现出来，于客观冷静之中别具情致。其次
是起句。上下阕皆以对句起，对仗工整，从容整炼，排挞
而出，颇能体现水乡景物的特征。特别是下片起句连用
"远远"、"隐隐"叠词，音韵流转却又自然天成，极有意
境美。最后是结句。《行香子》一调要求以叠句结，如
何做到自然天生，是很难的一件事。其难有三：语虽叠
而意不重，一难；语虽叠而富有意境，二难；叠句之前选

一领格字,承上启下,使意脉贯通,三难。因此,作《行香子》于此处最能见作者功力。李清照有《行香子》词,其前结云:"纵浮槎来,浮槎去,不相逢。"后结云:"甚霎儿晴,霎儿雨,霎儿风。"虽然前结未能三叠,但已是难能可贵。辛弃疾对此甚为佩服,有心效"易安体",成"恨夜来风,夜来月,夜来云"和"放霎时阴,霎时雨,霎时晴",虽全是三叠,却难免雕琢之痕,未能如少游此作自然流畅。少游此词两结,皆明白如话,而诗情浓郁,境界有殊。前结写植物不同之色彩,绚烂夺目;后结状动物各异之动态,生趣盎然。以"有"、"正"二字领格,将叠句中三个不同的景物,统一成为完整的图画,可谓人工天巧,妙语天成。少游之作,以情致宛曲缠绵见长,此词风格清丽,极有可能是其年轻时期在农村时的作品。果如此,则其少年才俊的神情韵致,更可想而知了。

满 庭 芳

晓色云开,春随人意,骤雨才过还晴。古

台芳榭,飞燕蹴红英①。舞困榆钱自落②,秋千
外、绿水桥平。东风里,朱门映柳,低按小秦
筝③。　　多情,行乐处,珠钿翠盖,玉辔红
缨④。渐酒空金榼⑤,花困蓬瀛⑥。豆蔻梢头旧
恨,十年梦、屈指堪惊⑦。凭阑久,疏烟淡日,寂
寞下芜城⑧。

① 飞燕句:燕踏落花。杜甫《城西陂泛舟》:"鱼吹细浪摇歌
扇,燕蹴飞花落舞筵。"

② 榆钱:榆荚。《本草纲目·木部二》:"榆树当春未生叶时,
枝条间先生榆荚,形状似钱而小,色白成串,俗呼榆钱。"

③ 小秦筝:一种弦拨乐器,相传为秦人蒙恬改制,故名。

④ 珠钿翠盖:是古代贵族妇女及其车马的装饰,这里代指妇
女。珠钿,以珠宝制成的花朵状首饰。翠盖,古时以翠鸟
羽毛装饰起来的车盖。玉辔红缨:精美的马具,这里代指
游冶的男子。玉辔,饰有玉石的缰绳。红缨,勒于马腹两
侧的红色革带。

⑤ 金榼(kē):金质的酒具。此处泛指华美贵重的酒具。

⑥ 蓬瀛:蓬莱、瀛洲,传说中的海上仙山。

⑦ 豆蔻二句:化用杜牧《赠别》诗:"娉娉袅袅十三余,豆蔻梢头二月初。"以及《遣怀》诗"十年一觉扬州梦,赢得青楼薄倖名"句意。

⑧ 芜城:指扬州。北魏南侵及南朝宋竟陵王刘诞之乱时,城邑遭两次重大破坏,遂至荒芜。南朝宋鲍照曾作《芜城赋》以哀之,后世因名芜城。

这是一首春日游赏抒怀之作。作者在《与李乐天简》中曾称自己于元丰二年己未(1079)岁暮,自会稽还乡,时至扬州游玩。从词中所描写的景色以及"豆蔻梢头旧恨,十年梦、屈指堪惊"等用语来看,这首词极有可能就是秦观在次年春天游历扬州时所作。

开始三句,写出游时的景色。这三句写景,用语轻便自然,所描绘的景色也是清新明丽。对雨后天晴特别的敏感,是秦观诗词的特色之一。在很多词中,他都撷取这样的意象,著名的《春日五首》(其二)中"一夕轻雷落万丝"即是如此。由此我们不难想象作者确实是一位细心观察的多情者。接下来直到上片结束,具体描绘在这阴晴变化中的景物以及人物的活动,形成一个清丽的画面。先是景物,由"古台芳榭",而"飞燕红英",而"榆钱"、"秋千",而"绿水平桥",由近而远。这组景物,平远取景,富于层次。紧接着是人事活动。朱门映柳,是绘其色;山平水远,是状其貌;秦筝缭绕,是绘其声。虽不见人影,不闻人声,而此大好春光之中人们的自适自得、悠然闲适,却是可感可知。

下片抒情,以过片"多情"二字点明。"行乐"由朱门秦筝引发。"渐酒空"则是词人触景所思。"渐"字领起两个偶句,逗出由"晓色云开"到午后"花困"的时间线索,不着痕迹。"豆蔻"二句,存绮艳之思,更含迟暮之感。暗示出春游人之意绪,已随着时间的推移,由清晨的喜悦发展到此时的意阑兴尽、倦怠无聊。最后三句,写日暮独下芜城的寂寞之感,就显得十分自然了。词情从因秦筝而起绮思,由歌舞而悟人生短暂,到独自凭栏而情绪低落,过渡可谓自然。

总体上讲,整首词都是以意境淡远、意兴悠然见胜,士大夫之悠然闲旷、自适自得与点滴无聊甚至莫名愁绪相纠缠,如轻云游丝,飘荡其间却把握不住。此词抒情所带有的不确定性或者说模糊性,充满朦胧美感,增加了艺术魅力。"春随人意"与"多情"等词句,正是理解本词的关键词汇,也是把握词人感情的重要线索,应仔细品味。

虞　美　人

行行信马横塘畔[①],烟水秋平岸。绿荷多少夕阳中,知为阿谁凝恨背西风[②]?　　红妆艇子来何处[③]?荡桨偷相顾。鸳鸯惊起不无愁,柳外一双飞去却回头。

① 横塘:东西向的池塘。《吴郡图记续记》卷下"治水":"或五里七里而为一纵浦,又七里或十里而为一横塘,因塘浦之土以为堤岸。"
② 绿荷二句:杜牧《齐安郡中偶题二首》之一:"多少绿荷相

倚恨,一时回首背西风。"阿谁,何人。凝恨,恨之不已,犹
云积恨。

③ 红妆:指女子。

此词是写词人游冶时所见所思。起首二句,交代词
人游历所在。信马横塘,见悠然之态。"烟水"一句,状
所见之景。马踏秋阳,面前一片美景,词人心情可知。
三、四句,兴起幽思。面对夕阳绿荷,因其神姿而起幽
恨,却不知其因,怅然若有所失。唐朝诗人杜牧有《齐
安郡中偶题》诗:"多少绿荷相倚恨,一时回首背西风。"
杜牧多情,以荷拟人,以美景喻美人,以袅娜之态见凝愁
之姿,词人多愁,偏被佳句勾起幽思:这满池的荷叶又
是在为谁凝恨发愁呢?这收煞处一问,无端兴起愁怀,
引逗下片词情。下片,问荷无语,所以当身着红妆的少
女划船经过时,难免再发一问。此一问较前一问更显突
兀而无理由。"荡桨偷相顾"逗出其中隐情:船上红妆
偷眼,打动其人情怀。最后两句,鸳鸯惊起徘徊之景,寓
词人一时艳思,也是前面两问的答案所在。在词人眼

里,鸳鸯成了愁情的化身:原来满池的荷叶,就是为这对鸳鸯凝恨!如此安排,使词情更显婉曲多情致,而且以景语作结,犹显要眇传情。

望 海 潮

　　奴如飞絮①,郎如流水,相沾便肯相随。微月户庭,残灯帘幕,匆匆共惜佳期②。才话暂分携③,早抱人娇咽,双泪红垂④。画舸难停,翠帏轻别两依依。　　别来怎表相思?有分香帕子⑤,合数松儿⑥,红粉脆痕,青笺嫩约⑦,丁宁莫遣人知。成病也因谁?更自言秋杪⑧,亲去无疑。但恐生时注着,合有分于飞⑨。

① 飞絮:柳絮。
② 佳期:《楚辞·九歌·湘夫人》:"登白蘋兮骋望,与佳期兮夕张。"王逸注:"佳,谓湘夫人也。"后来凡男女欢叙之日,通称佳期。

③ 分携：分手，离别。

④ 双泪红垂：即红泪双垂。旧题王嘉《拾遗记》卷七载魏文帝
　　选良家子以入六宫，薛灵芸被选。"闻别父母，歔欷累日，
　　泪下沾衣，至升车就路之时，以玉唾壶承泪，壶则红色。既
　　发常山，及至京师，壶中泪凝如血矣。"后世因称女子之泪
　　为红泪。

⑤ 分香帕子：分别时所赠的香罗帕。

⑥ 合数松儿：古时有抟拳握松子，猜其数目的游戏。此处很
　　可能是恋人间游戏之具。松儿，即松子。

⑦ 青笺：蜀笺的一种。嫩约：指约会。

⑧ 秋杪：秋末。

⑨ 于飞：比翼而飞，喻男女好合。

　　这是一首情词，但变换角度，不从男子一方抒情，而
是模拟女子声口表达，别有韵致。由词情不难设想，由
于特殊的身分与社会地位，这对相恋的情人是不能为旁
人所接受的，因此，虽然两情依依，却终难长久，纵然情
浓，也必须分离。临别之时，难舍难分，缠绵不已。女怕
男变心，男忧女负己。对此情景，这位女子不仅承受着

与情人分别的伤情，而且还竭其所能地宽慰情郎。词情就此展开，分五个层次：前三句是宽慰对方，飞絮、流水，一沾便相紧随，表达她对情郎的一片痴情。"微月"六句，用当日残灯帘幕中幽会密约打动对方，以己之伤别，见一腔柔情。女子多情娇美之态，跃然纸上。收煞两句，写临别之际两情依依，虽以陈述句出之，不见含思婉转之态，但冷峻之中，自见其果敢、大胆与不落俗套。下片两个问句，似是反问情郎的提问，又可分两层：相思难解怎么办？她回答：那就看看我送给你的香罗帕、松子儿、青笺、粉泪之痕吧。相思成病怎么办？她回答：我会在秋末到病榻前来看你！全词从相随、相爱、伤别、相思、相思成病五个层面，层层递进，设身处地安慰情郎，刻画出一位深情款款、情意绵绵的多情女子形象。最后以"但恐"二句，将词情再推进一层：怕只怕你我天生缘浅，分手之后再无相见之日！这其实是暗示对方：蒲苇虽韧，只怕磐石不坚，若遇薄情，越是多情越受伤害！至情女之内心忧虑，蕴于宽慰言辞之中，最终不得不发，一层宽慰一层担忧，一分担忧一分深情。其情之哀、之真、之挚、之细腻、之绵渺无尽,使人在欣赏完全词之后,犹自萦心绕怀,难以挥去。细品此词,虽然与其中期之作的顿挫作势相比,犹显清丽自然,但秦词抒情之婉转深曲,缠绵细腻,也可见一斑了。

沁 园 春

宿霭迷空^①,腻云笼日^②,昼景渐长^③。正兰皋泥润^④,谁家燕喜;蜜脾香少^⑤,触处蜂忙^⑥。尽日无人帘幕挂,更风递、游丝时过墙^⑦。微雨后,有桃愁杏怨,红泪淋浪^⑧。

风流寸心易感,但依依伫立,回尽柔肠^⑨。念小奁瑶鉴^⑩,重匀绛蜡^⑪;玉笼金斗,时熨沉香^⑫。柳下相将游冶处^⑬,便回首、青楼成异乡。相忆事,纵蛮笺万叠^⑭,难写微茫。

① 宿霭:隔夜犹存的雾气。
② 腻云:浓厚的云层。

③ 昼景句：谓夏日渐长。昼景，日光。

④ 兰皋：此指长有兰草的河岸。《楚辞·离骚》："步余马于兰皋兮，驰椒丘且焉止息。"

⑤ 蜜脾：蜜蜂营造的连片蜂房，因其形如脾，故名。李商隐《闺情》诗："红露花房白蜜脾，黄蜂紫蝶两参差。"

⑥ 触处：到处，处处。

⑦ 游丝：蜘蛛等昆虫所吐飘荡于空中的细丝。

⑧ 红泪淋浪：谓桃杏等花上面的水珠连续地下滴。

⑨ 回尽柔肠：形容内心极其痛苦。

⑩ 小奁：盛放化妆品的镜匣。瑶鉴：装饰华美的镜子。

⑪ 重匀绛蜡：重施脂粉。绛蜡，原指红烛，这里似指红颜色的化妆品。

⑫ 玉笼二句：谓熏炉上罩以华美的笼子，炉内放着熨斗，压着正在燃烧的沉香。金斗，即熨斗。沉香，即沉水香。李商隐《效徐陵体赠更衣》诗："轻寒衣省夜，金斗熨沉香。"

⑬ 相将：相随，相与。

⑭ 蛮笺：蜀笺，唐宋时蜀地所产的好纸。

词人多情，春景迷蒙，春心已然荡漾。宿霭浓云中的江南迷蒙春景,如淡烟流水般,从心头滑落。静悄悄地,久伫帘幕之中,看河边春燕衔泥筑巢,花丛中蜂儿采花酿蜜,游丝飘荡着,把心情带到围墙的另一边。微雨洒落地面,带走桃花的娇红、杏花的芬芳,将枝头湿漉漉、沉甸甸的叹息,交给帘幕中沉重的身影,让他回味那叫他刻骨铭心的红泪,回味那叫他柔肠寸断的一刻。那是怎样的一刻! 小巧的妆奁,精美的妆镜,镜里是红润的脸庞。玉笼、金斗、沉香,平静如一声幽幽的叹息,于消失之前,悄然在心口划下伤痕。那是怎样的一刻! 杨柳丝丝拂动,浓荫里掩起情意绵绵……是的,就是那一刻,让他销魂,让他如痴如醉,让他不敢回首,让他的心沉寂下去,沉寂下去。因为,就在他想回首的一刹那,他迷失了自己,将自己迷失在迷蒙的春景之中,感受微茫,徘徊于微茫。

与 李 乐 天 简

某顿首。昨在会稽,游虽不数,然诵盛文、

讲高谊熟矣。及还淮南^①，又得所寄书，词古而义高，超然有从我于寥廓之意^②，岂所谓有心相知者邪？幸甚，幸甚！

仆散漫可笑人也。去年如越省亲，会主人见留^③，辞不获去，又贪此方山水胜绝，故淹留至岁暮耳。非仆本意也。自还家来，比会稽时人事差少，杜门却扫，日以文史自娱。时复扁舟循邗沟而南^④，以适广陵，泛九曲池^⑤，访隋氏陈迹，入大明寺^⑥，饮蜀井^⑦，上平山堂^⑧，折欧阳文忠所种柳，而诵其所赋诗，为之喟然以叹。遂登摘星寺^⑨。寺，迷楼故址也，其地最高，金陵、海门诸山，历历皆在履下。其览眺所得，佳处不减会稽望海亭^⑩，但制度差小耳。仆每登此，窃心悲而乐之。

人生岂有常，所遇而自适，乃长得志也。以阁下趣尚高远，非复今时举子之比，得以发其狂言。他人闻之，当绝倒矣。未展晤间，与时自重，不宣。

① 淮南：指作者的故乡高邮。

② 寥廓：越然物外之意。语本屈原《远游》："下峥嵘而无地
兮，上寥廓而无天；视倏忽而无见兮，听惝恍而无闻。超无
为以至清兮，与太初而为邻。"

③ 主人：指会稽郡守程公辟。少游如越省亲，郡守程公辟待
之以礼，馆之蓬莱阁中，相与唱和，致使秦观延期返家。

④ 邗沟：今运河扬州境内一段。

⑤ 九曲池：故址在今江苏扬州西北。据《嘉庆扬州府志》卷
八："九曲池，在城西北七里大仪乡。《嘉靖志》云：隋炀帝
尝建木兰亭于池上，作《水调》九曲，每游幸时按之，故谓之
九曲池。"

⑥ 大明寺：又名西寺，在扬州西北蜀冈上，唐高僧鉴真曾住
此。因在隋宫西，故名。

⑦ 蜀井：《嘉庆扬州府志》卷八："在城东北蜀冈禅智寺内。
冈上有井，其水味如蜀江，甘冽冠绝诸井。"

⑧ 平山堂：欧阳修所建，在大明寺侧。倚堂远眺，江南诸山，
拱揖栏前，若可攀跻，故名。堂前有欧阳修所种柳树一株。

⑨ 摘星寺：又名摘星楼，是隋炀帝所建迷楼故址。《嘉庆扬州
　　府志》卷三一记："炀帝时，浙人项升进新宫图，帝爱之，令
　　扬州依图营建。既成，幸之，曰：'使真仙游此，亦当自迷。'
　　乃名迷楼。"

⑩ 会稽望海亭：在今浙江绍兴卧龙山上。

　　这是一封给友人的书信，作于元丰三年（1080）。
当时，作者刚经历第一次科场失利不久，颇受亲友轻视，
又经苏轼"乌台诗案"之变的影响，如越省亲时及回家
之后，时有失落之感，情绪一直不高。"杜门却扫，日以
文史自娱"，是作者奋发自砺，也是受环境所迫。李乐
天，史籍无考，从此信可以推测其人应是作者在会稽
省亲时所认识的一位举子，二人在会稽时，偶有交游。
秦观回高邮后，李乐天将其诗文寄呈，所以秦观以此
信回复。由于交情并不深厚，彼此相知并不很深，所
以信中少寒暄客套之语，而以自我介绍为主。文以
"高谊"为眼，以"相知"为契机，先释我之"可笑"，次
叙"可笑"之举，再述"可笑"之"悲""乐"观，由表及

里,作自我解剖。继而以对方之"趣尚高远"相嘉许,以所发"狂言"相邀迓,由此及彼,传达一片诚意。既称许对方,又写足了自己的情怀志趣,字里行间,逗露出作者不与时流、不随俗众的郁怀。李乐天与作者两相回护,皆不失地步,却无自矜之态。言、情、意、志熔于一炉,可谓高妙。

此文短小简洁,略无闲字冗句。特别是中间一段,以省炼的笔墨,勾勒出作者游历广陵(扬州)的情形,颇能见出作者高超的驾驭语言的功力。作者很擅长以动作勾勒形象。在这一段中,他一口气用了"循"、"适"、"泛"、"访"、"入"、"饮"、"上"、"登"等动词,紧随其后的多为地名,移步换景,忽高忽低,把他在广陵的行程交代得一清二楚。特别是其中"泛"字中所蕴的从容不迫,"入"字中所包含的探幽访胜之意,"诵"字中所体现的闲雅气度,寓作者形象于富于个性化的动作之中,儒雅文士的形象,被描画得栩栩如生,跃然纸上。明人段斐君本《淮海集》辑徐渭语说这一段"是一篇小游记",可谓说着。

虞 美 人

　　高城望断尘如雾,不见联骖处^①。夕阳村外小湾头^②,只有柳花无数送归舟。　　琼枝玉树频相见^③,只恨离人远。欲将幽恨寄青楼,争奈无情江水不西流^④。

① 联骖:并辔而行。骖,驾车时位于两旁之马。

② 湾头:地名,又名茱萸湾。《读史方舆纪要·扬州府》:"扬州北十五里,有湾头镇。"词人由扬州回里,必经湾头。

③ 琼枝玉树:喻人物风采之美。《世说新语·容止》:"魏明帝使后弟毛曾与夏侯玄并坐,时人谓蒹葭倚玉树。"

④ 争奈句:喻万难办到。争奈,即怎奈。

　　这是一首怀念友人的词。据秦观《与李乐天简》,他曾于元丰三年(1080)暮春南游扬州,这年三月,苏辙因以所任现职为兄赎罪,贬监筠州酒税,过高邮,与秦观相会。秦观送之至召伯埭而归,并托苏辙带书给苏轼。

从词中"玉树琼枝"以及"江水不西流"来看,应该是这次送别苏辙后回故乡高邮时所作。

本来,秦观应举失利加上苏轼"乌台诗案",心情本自消沉。在这种情况下,送别被贬的苏辙,情绪就更加低落了。"高城望断"一句,既是眷眷不忍别离的心情,又暗含着前途迷茫之感。"尘如雾"乃作者体会入微的比喻。说尘土弥漫腾涌,乃近观所得,"如雾"一喻,将涌尘之迹淡化,写出远望之感,离人此时的迷茫与失落,亦在画面之外。有此比喻将画面推远,接以"不见联骖处",就显十分自然。联骖并辔的往事已成追忆,前途又弥漫于如雾的烟尘之中,茕茕孑立,孤独无依之状,可想而知。"夕阳"二句,乃眼前之景:黄昏时分的夕阳,静静地悬挂于村外,无数细小的柳花,纷纷扬扬飘飞而来,一叶扁舟悄然划行于水面之上。这是一副寂静的画面,色彩虽然明亮,却凄清冷静。以寂静之景见枯寂之情。"只有"二字,点出词人只身归来的落寞与失意,与"联骖"呼应,今昔对照十分明显,落寞意绪,若柳花飘舞,挥之不去。"琼枝"二句,怀念昔日联骖同游之乐。"只恨"又将思绪拉回到现实之中,一忆昔,一叹今,以今日之恨("遗憾")衬昔日之乐,顿挫作势,可谓是不相忆,情难已,一相忆,恨难消。最后两句,深入一步,写其幽恨难排。寄恨青楼以图解脱,似与本词主旨游离,实则不然。当年杜牧扬州冶游,诗酒风流,乃文坛佳话。词人眼见大小二苏玉树摧折,自己又仕途渺茫,所以有寄梦青楼之慨。然而,就是这买笑之想,也因无情的江水东流,将之送到远离青楼好梦的小湾头而落空。一腔幽恨,真可谓排遣不了,挥之不去!

　　从写作手法上分析,此词的成功,在于虚词的妙用。上片后两句与下片前两句,短短四句之中,前后两用"只"字,末二句也是前用"欲将",后用"争奈",一擒一纵,顿挫作势,一唱三叹,恰当地表现出词人滞碍难通、幽咽苦涩的内心情感。同时本词仄声韵与平声韵相间的形式特点,也有利于体现出感情的起伏波折,为词情的表达起到了很好的辅助作用。

鹊 桥 仙

　　纤云弄巧①，飞星传恨②，银汉迢迢暗度③。金风玉露一相逢④，便胜却人间无数。　　柔情似水⑤，佳期如梦，忍顾鹊桥归路⑥。两情若是久长时，又岂在朝朝暮暮。

① 纤云：细薄的云丝。弄巧：变幻不定。旧时有七夕(农历七月初七)乞巧的习俗，妇女结彩缕，穿七孔针，陈瓜果于庭中以乞巧。

② 飞星：流星。此指牵牛星飞过银河，向织女传达离恨。

③ 银汉：银河。此句谓牛女二星于每年七夕渡过辽阔银河相会。

④ 金风：秋风。

⑤ 柔情似水：用宋寇准《夜度娘》词"柔情不断如春水"句意。

⑥ 忍：岂忍，怎忍。鹊桥：民间传说，七夕牛女相会时，喜鹊飞上银河为桥以渡。

　　思念是一条河,在人间,它清浅曲折、起伏不定,在天上,却亘古不变,流淌着,将绵绵的柔情漂白,漂淡,犹如七夕的云丝,犹如梦中的涟漪,将那美好的愿望拉长,绵延于天上人间,温柔曼纱,成一声久久的叹息,回荡在银河的两岸,回荡在七夕的月光之中。静静地倾听吧,那如水银泻地般的月光,它饱含一曲婉约之歌,诉说着一段凄美动人的爱情,让那些经历太多海誓山盟、朝暮相伴的恋人——体味,体味秋夜的凉爽,露珠的纯洁,相恋相爱的真正滋味,体味相思,体味在相思中延伸相恋相爱的真谛——两情若是久长时,又岂在朝朝暮暮!

　　那飞逝的流星,是亘古相思的泪珠。

　　这是一首纯真爱情的赞歌。人世间写爱情的作品不知多多少少,大多不离朝朝眷恋,夜夜缠绵,难分难舍。而这首词却把人所共有的爱情醇化了:男女之间只要真诚相爱,矢志不移,即使成年累月天各一方,也会心心相印,如在目前。"两情若是久长时,又岂在朝朝暮暮"!是啊,爱情若是经得起长久分离的考验,那就比卿卿我我,朝夕相伴的庸俗趣味要高尚得多。宋代诗歌中常常"以议论为诗",严羽《沧浪诗话》对此深致不满。然而秦观这首《鹊桥仙》前后两结,俱以议论出之,却超乎常理,别见精彩,可见在大家的笔下,自会不同凡响。因此,清黄苏《蓼园词选》说:"按七夕歌以双星会少别多为恨,少游此词谓两情若是久长,不在朝朝暮暮,所谓化臭腐为神奇。凡咏古题,须独出心裁,此固一定之论。少游以坐党(籍)被谪,思君臣际会之难,因托双星以写意;而慕君之意,婉恻缠绵,令人意远矣。"黄之评也许求之过深,但以男女之情喻君臣之义,《诗经》已开其端,将此词作如是观,亦不失为一种方法。只是,少游作此词时,是否已被党祸,则未能考证确实。考《淮海集》中有《春日杂兴十首》,其第五首写道:"东方有美人,容华茂春粲。抱影守单栖,含睇理哀弹。声意一何切,所欢邈云汉。徒然事膏沐,孰与徂昏旦。微诚浪自持,嘉月忽复晏。巧啭度虚楞,飞红触幽幔。岁岁芳草滋,夜夜明星烂。合并会有时,索居不必叹。"该诗作于元丰二年(1079)春,当时作者参加科举考试失利,但不甘自弃,作此诗以洁心志。从情感体验上看,诗中所写,与"两情若是久长时,又岂在朝朝暮暮"正相吻合。虽然不能依此断定这首词就作于同时,但其情感体验却可以说是此诗的升华,故系之于此,作为阅读此词的参考。

和黄法曹忆建溪梅花

海陵参军不枯槁,醉忆梅花愁绝倒。为怜一树傍寒溪,花水多情自相恼。清泪斑斑知有恨[1],恨春相逢苦不早。甘心结子待君来,洗雨梳风为谁好[2]。谁云广平心似铁[3],不惜珠玑与挥扫[4]。月没参横画角哀[5],暗香销尽令人老[6]。天分四时不相贷,孤芳转盼同衰草。要须健步远移归,乱插繁华向晴昊[7]。

[1] 清泪斑斑:喻指带有水珠的梅花。

[2] 甘心二句:用杜牧典。《唐摭言》记载:"杜牧佐宣城幕,游湖州,刺史崔君张水戏,使州人毕观,令牧间行阅奇丽,得垂髫者十余岁。后十四年,牧刺湖州,其人已嫁生子矣,乃

怅然而为《叹花》诗曰:'自恨寻芳到已迟,往年曾见未开

时。如今风摆花狼藉,绿叶成阴子满枝。'"

③ 广平:指宋璟,唐邢州南和人,武后时为御史中丞,睿宗时

任宰相,玄宗时复任,有功于开元之治,封广平郡公。唐皮

日休《桃花赋序》:"余尝慕宋广平之为相,贞姿劲质,刚态

毅状,疑其铁肠与石心,不解吐婉媚辞;而有《梅花赋》,清

便富艳,得南朝徐庾体,殊不类其为人也。"

④ 珠玑:喻指诗文之美。

⑤ 月没句:用赵师雄典。《异人录》记:"隋开皇中,赵师雄游

罗浮。一日,天寒日暮,于松林间酒肆旁舍见美人,淡妆素

服出迎。时已昏黑,残雪未消,月色微明。师雄与语,言极

清丽,芳香袭人。因与之叩酒家门共饮。少顷一绿衣童

来,笑歌戏舞。师雄醉寝,但觉风寒相袭。久之,东方已

白,起视,乃在大梅花树下。上有翠羽啾嘈,相顾月落参

横,但惆怅而已。"

⑥ 暗香:用宋诗人林逋《山园小梅》诗"疏影横斜水清浅,暗

香浮动月黄昏"句。

⑦ 晴昊:晴空。

本诗作于元丰三年(1080),当时,作者刚从绍兴省亲回家未久。黄子理,福建浦城人,时任海陵(今江苏泰州)司法参军,司刑法狱讼,与秦观友善。秦观在《与黄鲁直简》中说:"仆自去年还家,人事扰扰,所往还者,惟黄子理、子思家兄弟。子思又已分居,困于俗事。"可见他跟黄子理的关系应该是最亲近的了。在这首和诗中,作者尽情体贴黄子理的心情,以"恨"字统领,先写他念梅,继写他画梅,再写他恋梅、惜梅,最后以归家寻梅作结,将黄子理对梅的一往深情写出,以梅之风标,见人之精神。诗用响韵,虽是古体,却为整齐七言,读来朗朗上口。特别是首四句中三句用韵,后二句继而以"恨"字为顶针格,使诗显得尤为旖旎婉媚,摇曳多姿。

秦观的七绝,脍炙人口,殊不知他的五七言古诗,在当时也备受称道。在五古中,以《春日杂兴》为代表,而七古便以此首为翘楚了。此诗在当时即引起了广泛的关注。王安石曾将其中"月没参横画角哀,暗香销尽令人老"二句书于纨扇之上。苏轼、苏辙、黄庭坚等都有和作。苏轼和诗中甚至有"西湖处士骨应槁,只有此诗君压倒"的句子,意思是此诗咏梅,比林逋《山园小梅》更胜一筹,赞誉未免过当。好事者甚至因诗设景,以记胜处。据《嘉靖扬州府志》记:"浮香亭,在泰州旧治藕花洲之后,有大梅,秦观诸人唱和黄法曹梅花处也。宋绍兴初,陈垓守泰州,镌茂陵御书额及秦观、苏轼、苏辙、参寥诗于上。"宋释惠洪《石门文字禅》卷二七《跋石台肱禅师所蓄草圣》记:"少游此诗,荆公自书于纨扇,盖其胜妙之极,收拾春色于语言中而已。及东坡和之,如语中出春色。山谷草圣不数张长史、素道人,遂书两诗于花光梅花树下,可谓四绝。予不晓草字,开卷但见其雷硠电射,揭地祇而西七曜耳。吁哉异也!政当送与龙安照禅师,使一读之。"

不过,也有诗评家以比较客观的态度看待此诗,甚至不以为然者。如宋人蔡正孙、胡仔、吴聿、许颢等,在他们所著的诗学著作中,都提到此诗,对苏轼等人的评价进行分析,认为苏轼说此诗"只有此诗君压倒",是因为和秦作"醉忆梅花愁绝倒"中"倒"字为韵的原因。翻看参寥、苏轼、苏辙、黄庭坚等人的和作,可以很明显地看出这一点来，其说也未尝全无道理。诗无达诂，是否超绝，读者完全可以自己作出判断。

望 海 潮

星分牛斗①，疆连淮海②，扬州万井提封③。花发路香，莺啼人起，珠帘十里春风④。豪俊气如虹。曳照春金紫⑤，飞盖相从⑥。巷入垂杨，画桥南北翠烟中。　　追思故国繁雄⑦，有迷楼挂斗⑧，月观横空⑨。纹锦制帆⑩，明珠溅雨⑪，宁论爵马鱼龙⑫。往事逐孤鸿，但乱云流水，萦带离宫⑬。最好挥毫万字，一饮拚千钟⑭。

① 星分牛斗：以牛斗二宿为扬州的分野。古时天文学以天上十二星宿与地上州、国位置相对应，天上称分星，地上称分野。

② 疆连淮海：谓扬州北至淮河，南连大海，地域辽阔。

③ 万井：古代以八家为一井，指人口稠密众多。提封：《汉书·刑法志》："一同百里，提封万井。"清王先谦补注引王念孙云："《广雅》曰：'提封，都凡也。'都凡者，犹今人言大凡、诸凡也。……都凡与提封一声之转，皆是大数之名。提封万井，犹言通共万井耳。"

④ 珠帘句：用唐杜牧诗"春风十里扬州路，卷上珠帘总不如"句意。

⑤ 金紫：金章紫绶，借指达官贵人。杜甫《奉寄章十侍郎》诗："淮海维扬一俊人，金章紫绶照青春。"

⑥ 飞盖：疾驰的车辆。

⑦ 故国：指故乡。秦观故乡在高邮，属扬州，故云。

⑧ 迷楼：隋炀帝所建，故址在今扬州西北观音山上。唐韩偓《迷楼记》："凡役夫数万，经岁而成。楼阁高下……回环四合，曲屋自通，千门万户，上下金碧。……人误入者，虽终日不能出。帝幸之，大喜，顾左右曰：'使真仙游其中，亦当自迷也。可目之曰迷楼。'"挂斗：形容高峻，与星斗相接。

⑨ 月观横空：谓月观横亘空中。《南史·徐湛之传》："广陵旧有高楼，湛之更修整之，南望钟山。城北有陂泽，水物丰盛。湛之更起风亭、月观、吹台、琴室。"遗址在今扬州瘦西

湖附近。

⑩ 纹锦制帆：以锦缎制船帆。《大业拾遗记》："炀帝幸江都，至汴，帝御龙舟，萧妃乘凤舸，锦帆彩缆，穷极侈靡。"

⑪ 明珠溅雨：《隋遗录》："炀帝命宫女洒明珠于龙舟上，以拟雨雹之声。"

⑫ 爵马鱼龙：各种戏弄杂耍。《汉书·西域传》："作曼衍鱼龙角觚之戏以观视之。"颜师古注云："鱼龙者，为舍利之兽，先戏于庭除，毕，乃入殿前，激水化成比目鱼，跳跃漱水，作雾障日。毕，化成黄龙八丈，出水数戏于庭，炫耀日光。"爵，通雀。

⑬ 离宫：古代帝王于正式宫殿之外别筑的宫室，因与正式宫殿分离，故名。

⑭ 最好二句：语本欧阳修《朝中措·送刘仲原甫出守维扬》："文章太守，挥毫万字，一饮千钟！"

　　扬州在唐宋时期乃富饶都市，但其繁华主要是在笔记、小说之中被描述，在诗词中却一直没有得到直接而全面的展示。李白"烟花三月下扬州"之句，掩其真容，催人想象。晚唐杜牧《扬州赠韩绰判官》"二十四桥明月夜,玉人何处教吹箫",令人遐想。又有《遣怀》、《赠别》诸作,抒艳冶之情,露冰山一角,更给人留下深刻印象。秦观此作,对扬州作全面介绍与描绘,始给人以惊艳之感。

词作于宋神宗元丰三年(1080)之春。从作者《与李乐天简》文中可以看出,词中所写,乃得自词人亲历所见。上阕写眼前所见之景,前三句发调高亢,将扬州辽阔的疆域、稠密的人口,整体呈现出来,有包揽宇宙之势。继而由风物到市民到士子官宦,铺叙扬州景物的优美,生活的奢华富足。下阕忆昔,极尽描摹之能事,将"故国繁雄"表现得淋漓尽致:徐湛之所建的月观,隋炀帝所筑的迷楼,纹锦制帆的游幸,明珠溅雨的排场,雀马鱼龙的市井风习等等,所有昔日纸醉金迷的场景,都跃然眼前。结尾处以乱云飞渡、流水潺潺一顿,于事过境迁,繁华不再的感慨中,寓悲凉意绪,再以拚却一醉振起,呈奔放之势,如雄狮猛吼,响遏行云,唱叹之中,见出作者的一腔豪情。

《望海潮》一调创自柳永,音调高昂。柳氏曾以之赞杭州的繁华富饶,成千古名篇。李之仪在《吴师道小词》中曾称柳词:"铺叙展衍,备足无余,形容盛明,千载如同当日。"秦观此词用其词调,其题材与表现手法都与柳词相似,特别是铺叙展衍的表现方法,几乎可以说有较明显的借鉴柳词之迹。所不同的是,秦词为怀古之作,古今对照,盛衰相参,词情有赞、有叹、有所见、有所感,起伏多变,不像柳词纯出之以赞叹。特别是怀古一段与收尾处的壮语,使词情沉郁而充满豪逸之气。在以婉约为主要风格的秦词之中,如此豪放之作,尤为少见,值得引起注意。李清照《词论》中评秦词:"专主情致,而少故实,譬如贫家美女,虽极妍丽丰逸,而终乏富贵态。"就此词而论,不仅"故实"甚多,而且铺叙形容,色彩繁富,颇有"富贵"之态。李氏之评,着眼于秦词的主体风格,而未能顾及此词,是很显然的。

春 日 五 首 (选一)

一夕轻雷落万丝,霁光浮瓦碧参差①。有

情芍药含春泪,无力蔷薇卧晓枝。

① 霁光:晴日阳光。霁,雨过天晴。参差:宋本作"差差"。
语本《荀子·正名》:"差差然而齐。"注云:"差差,不
齐貌。"

组诗《春日五首》所写皆为春日秀美之景。第一首
第一句为"幅巾投晓入西园",考西园为宋时金明池,在
汴京顺天门外,则此五首所绘皆应是当时汴京春景。此
组诗之外,作者又有和参寥《辇下春晴》诗,其诗为:"楼
阙过朝雨,参差动霁光。衣冠纷禁路,云气绕宫墙。乱
絮迷春阔,蔫花困日长。经旬辜酒伴,犹未献《长杨》。"
所绘之景,与这组诗极为近似,可证是作于同时。据蔡
正孙《诗林广记》后集卷八引《王直方诗话》,少游《辇下
春晴》的和诗最后两句原本为"平康在何处,十里带垂
杨","后孙莘老尝读此诗,至末句,云:'这小子又贱相
发也!'少游后编《淮海集》,遂改云:'经旬牵酒伴,犹未
献《长杨》。'"说明《辇下春晴》一诗孙觉曾经看到过,

而孙觉于元祐五年(1089)二月三日卒于高邮,则他见《辇下春晴》诗应该在此之前。前此少游与参寥同在京师,似只有元丰五年(1082),当时作者在京应举,参寥至京,向曾肇推荐其文(见秦观《谢曾子开书》及曾肇答书)。其时正值春天,参寥作诗,而秦和之。依此,则《春日五首》应该也作于这年。

这里所选为第二首。春花春雨,本来旖旎多情,加上作者细致入微的观察体味,所以这首诗显得特别的婉媚动人。轻雷万丝,霁光浮瓦,芍药有泪,蔷薇无力,一切景物经过作者的情感过滤,都显得那么柔弱美丽,脉脉含情。这几个特定的意象组合,不仅写出了夜雨之后春日晓晴的特殊景色,而且形成了明艳秾丽的风格特征。其中特别是后两句,由芍药上的水珠而联想到"春泪",由春泪而联想"有情",再以"有情"形容芍药,真可以说是绘出了雨后芍药之神韵。由蔷薇依枝而联想到"卧",由"卧"而联想到"无力",再以"无力"形容蔷薇,又着实突出了蔷薇经雨之后的姿态。我们知道,芍药、蔷薇,都是既娇且弱的春花,明艳的色彩本足动人,风雨僄傈后的娇姿更惹人怜爱。"有情"、"无力"前后相对，再以"含春泪"、"卧晓枝"摹之，形成一种特有的艺术张力，使人由春花摧折联想到美人迟暮，内心油然产生怜香惜玉之感，诗人特别的关爱之情尽出。论者常以婉媚动人概括秦诗，正是深入体会的结果。不过，秦诗的这种风格，却被喜欢豪放刚劲诗风的元好问讥评，他在《论诗绝句》中说："有情芍药含春泪，无力蔷薇卧晓枝。拈出退之《山石》句，始知渠是女郎诗。"姑且不论元好问将两种截然相反的风格对举作褒贬之评是否恰当，就他特地拈出秦观此诗中这两句来看，说明在他心中，这两句诗确实可以当得起"女郎诗"的代表者、佼佼者。

其实，文学作品的风格应该是多姿多彩的，不能拘于一格，既要呈现阳刚之美，也不能缺少阴柔之美。因此，后人对元好问的批评又提出了不同的意见。如明人瞿佑《归田诗话》卷上云："遗山（元好问）固为此论，然诗亦相题而作，又不可以拘以一律。如老杜云：'香雾云鬓湿，清辉玉臂寒'，'俱飞蛱蝶元相逐，并蒂芙蓉本自双'，亦可谓女郎诗耶？"此说可纠元氏之偏，比较客观全面。就秦观全部作品而言，婉约柔美、凄清哀怨，固为其主要风格，但无论是诗是词，亦间有刚健清新、迈往凌云之作，如前文所谈的《望海潮》词，和他的有些五七言古诗等。因此，我们不能听一面之词，以偏概全。

秋 日 三 首（选一）

　　霜落邗沟积水清，寒星无数傍船明。菰蒲深处疑无地①，忽有人家笑语声。

① 菰蒲：两种生于水边的植物。菰，古称雕胡，其实如米，可食，俗称茭白。蒲，蒲草，常与芦苇杂生，可供编织。

　　这首诗是《秋日三首》中的第一首。从诗中所写之景看，应该是作者早年家居时的作品。当时，作者多次从故乡高邮经邗沟至扬州游赏。诗中所写，即是作者秋夜泛舟邗沟所见之秀美景色。秋霜过后，邗沟之水特别清冽澄澈，夜里倒映天上星星，闪烁满沟，这是一个十分奇特的秋夜景象。与满河的星光相映衬,四周都被菰蒲所围。明暗对照,水陆有别,作者于黑暗之中,莫辨东西,故而生"疑"。可就在他心疑之际,突然从菰蒲深处传来笑语之声。画面由静而动,由寂静而有声。这后面两句写经行所闻,以动衬静,以有声衬无声,十分传神。将"笑语"置于"菰蒲深处",由"无地"之疑虑,到有地之联想,宛然见水陆交叉之景,颇有江南水乡的特色。一抑一扬,顿挫作势,富于哲理,耐人咀嚼。前人曾指出这两句诗是从晋宋时沃州山帛道猷的"连峰数千里,修林带平津。茅茨隐不见,鸡鸣知有人"诗句化出。翁方纲《石洲诗话》卷三记:"王半山(王安石)'青山缭绕疑无路,忽见千帆隐映来',秦少游'菰蒲深处疑无地,忽有人家笑语声'所祖也。陆放翁(陆游)'山重水复疑无路,柳暗花明又一村',乃又变作对句耳。"比较起来,三位宋代诗人的诗作确实有相通之处,但又各有特色:王诗重绘风景,陆诗重明哲理,秦诗则隐哲思于画景之中,两不相失,虽难免彼此牵涉滞碍,不如王、陆之作给人印象深刻,但仍称得上是一首好诗。

雨 中 花

指点虚无征路[①]，醉乘斑虬[②]，远访西极[③]。正天风吹落，满空寒白。玉女明星迎笑[④]，何苦自淹尘域[⑤]？正火轮飞上[⑥]，雾卷烟开，洞观金碧[⑦]。　　重重观阁，横枕鳌峰[⑧]，水面倒衔苍石。随处有奇香幽火，杳然难测。好是蟠桃熟后[⑨]，阿环偷报消息[⑩]。任青天碧海，一枝难遇，占取春色。

① 指点句：语本杜甫《送孔巢父谢病归游江东兼呈李白》诗："蓬莱织女回云车，指点虚无是征路。"

② 斑虬：又称班虬，古代传说中的无角之龙。

③ 西极：西方极远之地。《楚辞·离骚》："朝发轫于天津兮，夕余至乎西极。"此指神话中的西方仙境。

④ 玉女明星：仙女名。《太平广记》卷五九引《集仙录》："明星玉女者，居华山，服玉浆，白日升天。"李白《西岳云台歌送丹丘子》诗："明星玉女备洒扫，麻姑搔背指爪轻。"

⑤ 尘域：尘世，人间。佛家称现实世界中有声、色、香、味、触、法六法，故称"尘域"。

⑥ 火轮：指太阳。

⑦ 洞观句：谓道家洞府极为辉煌。

⑧ 鳌峰：指传说中的海上仙山。《列子·汤问》载，海上仙山随波上下往还，不可暂峙，仙圣诉之于帝，帝乃命巨鳌十五，举首而戴之，迭为三番，六万岁一交焉，五山始峙。此即鳌峰之出典。

⑨ 蟠桃：传说中的仙桃。《海内十洲记》载："东海有山名度索山，上有大桃树，蟠曲三千里，曰蟠木。"

⑩ 阿环：仙女名，即上元夫人。

　　宋僧惠洪《冷斋夜话》云："少游元丰初梦中作长短句云：'指点虚无征路……'既觉，使侍儿歌之，盖《雨中花》也。"词中所写虽是梦境，波谲云诡，光怪陆离，却也不乏现实的影子。元丰三年（1080），鲜于侁（字子骏）为扬州守，邵光（字彦瞻）为扬州从事，二人皆与少游友善。当时苏辙受兄苏轼乌台诗案牵连，谪赴筠州（今江西高安），途经高邮，与少游相从数日。少游送之至邵伯埭,苏辙至扬州逗留甚久,后由邵彦瞻送至金山,一路所作,少游皆有和诗。苏辙、鲜于子骏诸人之诗,写景都不同程度表现出谲怪的一面。少游此词所写虽系梦幻之境,却与诗中所写金山之景颇为相似,极有可能是受众人诗风的影响,发之于词。

梦境入词,有游仙之态,迹近屈原《离骚》。全词历叙仙游所见,斑虬、西极、天风、寒白、玉女、明星、火轮、洞观、鳌峰、蟠桃、阿环,仙人仙境,纷至沓来,将一段"虚无征路",描绘得色彩缤纷,灿烂辉煌,真可谓美不胜收,令人目不暇接。词人遨游其中,也似意兴盎然,略无眷顾之意。但是,从"虚无"的发调与"一枝难遇,占取春色"的结响来看,词人遗世高举其实跟屈原的《离骚》同意,乃是对现实极端不满所致,其拳拳眷顾之心,正在那光怪陆离的仙境背后。特别是结尾用《荆州记》中陆凯寄梅与长安范晔故事,感慨天上知音难遇,大有苏轼"起舞弄清影,何似在人间"寓意,值得仔细品味。

游仙之词,不仅少游很少作,赵宋一代也不多见。其开拓词之题材范围,允称有功,而此词境界阔大,气象恢宏,笔势飞舞,声情激越,也与作者婉约缠绵的总体风格不同。此词见诸《淮海居士长短句》中,虽可谓之"别调",却也可以借此看出少游词风多样化之一斑。

长 相 思

铁瓮城高^①,蒜山渡阔^②,干云十二层楼^③。开尊待月,掩箔披风^④,依然灯火扬州。绮陌南头^⑤,记歌名宛转^⑥,乡号温柔^⑦。曲槛俯清流。想花阴,谁系兰舟^⑧? 念凄绝秦弦^⑨,感深荆赋^⑩,相望几许凝愁^⑪。勤勤裁尺素,奈双鱼、难渡瓜洲^⑫。晓鉴堪羞^⑬,潘鬓点、吴霜渐稠^⑭。幸于飞、鸳鸯未老^⑮,不应同是悲秋^⑯。

① 铁瓮:镇江(今属江苏)古城名。三国时孙权所筑。

② 蒜山:山名,在镇江。《一统志》:"蒜山在镇江府治西三里津渡口,北临大江,无峰岭,山多泽蒜,故名。或谓周瑜、孔明会此计破曹操,人谓其多算,因亦名算山。"

③ 干云：上冲云霄。

④ 掩箔：放下竹帘。

⑤ 绮陌：纵横交错的道路。唐元稹《莱醉》诗："绮陌高楼竞
醉眠，共期憔悴不相怜。"

⑥ 歌名宛转：指《宛转歌》，又名《神女宛转歌》。宋郭茂倩
《乐府诗集》卷六十《琴曲歌辞》载晋刘妙容《宛转歌》两
首。序称当时王敬伯见之于吴地，妙容命婢弹箜篌而自唱
之，并脱头上金钗叩琴弦而和之，音韵繁谐。

⑦ 乡号温柔：即温柔乡，用汉成帝、赵合德典，事见《飞燕
外传》。

⑧ 兰舟：即木兰舟，船的美称。

⑨ 秦弦：即秦筝，古代弦乐器。相传为秦时蒙恬所造。

⑩ 荆赋：指《楚辞》一类带有楚地风格的诗文。这里依词意应
是指宋玉的《九辩》。

⑪ 凝愁：愁之不已，即深愁之意。

⑫ 勤勤二句：化自古乐府《饮马长城窟行》："客从远方来，遗
我双鲤鱼，呼儿烹鲤鱼，中有尺素书。"尺素，指书信，古代
以生绢作书，故名。双鱼，指鱼形的信函。瓜洲，在今江苏
扬州南四十里长江边，隔岸与镇江相对。

⑬ 晓鉴：即晓镜，早起临镜之意。

⑭ 潘鬓句：晋潘岳《秋兴赋·序》："余春秋三十有二,始见二毛。"二毛即黑白二色的头发。后遂以潘鬓指头发斑白。吴霜,此指白发。李贺《还自会稽歌》："吴霜点归鬓,身与塘蒲晚。"

⑮ 于飞：鸳鸯于飞,指夫妇好合。

⑯ 悲秋：秋气萧森,令人伤感。

　　这是一首登览抒怀之作。词人故里高邮,距镇江不足二百里,元丰七年(1084)前,他曾几次与友人一起到此游赏,故此词最迟也应作于元丰七年秋天之前。联系前面一首《雨中花》与此首中别离词情来看,视二词为同时之作,亦无不可。只是苏辙离开扬州之后,当年五月已至黄州(见苏轼《答秦太虚书》),而此词所绘乃是秋景,与子由游历金山季节不合,或为后来之作,也未可知。因考虑到与前一首所写为同一地点,故系之于此。

　　时值秋高气爽,登上干云高楼,把酒临风,面对阔大江景,胸胆开张,发调甚高,驰思甚远。词从眼前开阔景象起,中间糅入扬州冶荡艳情,又寄悲秋之感,更有时不我待之悲,还寓仕途蹭蹬之意,登高眺远,各种意绪,一时涌来,词情可谓复杂。词人却能绾合一处,依次处理,发调时而高亢,时而低沉,时而激越,时而婉约,纵横驰骤,充分演绎登览之际,万千感慨一时顿生的独特心理活动过程。虽是多种感情交织,但作者却能巧于安排,精心布局,以景带情,跳荡过渡,自然妥帖,于从容闲雅之中,饶有温婉之气。当时,作者只不过是一位刚过三十的年轻文士,却能如此娴熟地运用语言,足见其文学素养非同一般。

三、任职蔡州与师友欢洽（1085—1090）

元丰八年（1085），在秦观三十七岁的时候，他第三次应举，终于及第。这次中举颇具戏剧色彩。《续资治通鉴长编》卷三五一载，这年正月，朝廷命户部侍郎李定权知贡举，二月夜四鼓，礼部贡院失火，吏卒死者四十人，试卷三分不收一分。于是下令于四月再次出题考试。也就是说，这年科举因为贡院失火举办了两次。再次考试，秦观中焦蹈榜进士，朝廷即任命他为定海主簿。这个主簿，乃选人七阶之一，是个空衔，并不到任。

第二年三月，神宗崩于福宁殿。同日，神宗第六子赵煦即皇帝位，是为哲宗。皇太后高氏为太皇太后，垂帘听政。帝位更替，人心思动，西夏更生窥伺之心。内忧外患并至，朝廷急需人才。高太后本来倾向旧党，她垂帘听政，大力启用老成持重之士，旧党人物得以很快升迁。秦观被授蔡州（今河南汝南）教授，司马光出任宰相，苏轼任中书舍人，范祖禹（后来是秦观的亲家，秦观女嫁其子范温）为著作郎，孙莘老为给事中。其他如苏辙、黄庭坚等都已被诏入京，陈师道也在京师，张耒在咸平县丞任上，也有除太学博士的传闻。

九月份，秦观离京，先到家乡接取母亲戚氏及家中大小，然后一同赴蔡州任所。不久，黄庭坚、张耒、晁补之并授馆职。中举之后的很快授官以及苏门中其他诸位的升迁，对秦观的仕进之心是有很大刺激的。到蔡州不久，他就写下了《拟郡学度东风解冻》诗，其中有两句是："更无舟楫碍，从此百川通。"对前途充满热望，有平步青云之志。而且，为了能跟黄庭坚等人一样除授馆职，秦观著《国论》、《主术》、《财用》上下篇等策论，认真研究国情。当时，夏国主秉常借机求兰州、米脂等五城。宰臣司马光认为宋、夏在这一带连年征战，耗费过甚，主张割弃此五城，还想把熙河也割让给夏国，藉安其心，以熄兵火。初入仕途的秦观曾一度表示赞同。《次韵邢敦夫秋怀》之五云："西羌沙卤地，置戍或烦汉。鸡肋不足云，阿瞒妙思算。"所谓的阿瞒，即以曹操代指司马光。但是，割地求和的政策并不得人心，不久，司马光去世，这一政策未被付诸实施。秦观之论，虽不免书生意气，但他对国家大事的参与意识，还是值得肯定的。

关心国家大事之外，秦观还努力学习制科之文，以冀开制科时发挥水平。师友的升迁，给秦观带来了仕途上的顺利，众文士相聚京师，更是其乐融融。"四学士"常至东坡私第谈诗论文，实为当时文坛盛事。晁公武《郡斋读书志》记载："密云龙，茶名，极为甘馨。时黄、秦、晁、张号苏门四学士，子瞻待之厚，每来必令侍妾朝云取密云龙。"邵博《邵氏闻见后录》："秦少游在东坡坐中，或调其多髯者。少游曰：'君子多乎哉？'东坡笑曰：'小人樊须也。'"引经据典，相互笑谑。《王直方诗话》记："东坡尝以所作小词示无咎、文潜曰：'何如少游？'二人皆对曰：'少游诗似小词，先生小词似诗。'"又记："秦少游尝以真字题'月团新碾沦花瓷，饮罢呼儿课楚词。风定小轩无落叶,青虫相对吐秋丝'于邢敦夫扇上。山谷见之,乃于扇背复作小草,题'黄叶委庭观九州,小虫催女献功裘。金钱满地无人费,百斛明珠薏苡秋。'皆所自作也。少游后见之,云:'逼我太甚。'"以诗艺相斗,彼此砥砺。魏庆之《诗人玉屑》卷一八记载:

> 元祐初,与秦少游、张文潜论诗,二公谓不然。久之,东坡先生以为一代之诗当推鲁直。二公遂舍旧而图新,其初改辕易辙,如枯弦敝轸,虽成声而跌宕不满人耳。少焉,遂使师旷忘味,钟期改容也。

这批文坛精英,彼此借鉴,相互学习,对他们文学风格的影响是毋庸置疑的。秦观跟张文潜二人因受苏轼的指点,学习黄庭坚诗法,诗风为之一变,即是一个明显的例子。

四学士与苏轼兄弟相交游,又曾于驸马都尉王诜(字晋卿)家花园中雅集。这是宋代文坛上一次较著名的文坛盛会,一时巨公伟人悉在,群贤毕至,少长咸集,对后世的影响也很大。时为元祐二年(1087)六月,与会者十又六人,著名画家李伯时作《西园雅集图》,米芾撰《西园雅集图记》加以介绍,南宋时楼钥又于《跋王都尉湘乡小景》中加以渲染,元代虞集《西园雅集图跋》再作描绘,影响深远。李伯时原画失传之后,南宋马远、元代赵孟頫等著名画家都先后临摹。凡此,都足以证明这次雅集在文坛影响之深远。如此众多的文雅之士关注此次集会,在整个宋代文坛上几乎可以说是绝无仅有的。这次雅集,给秦观留下了难以磨灭的印象,直到绍圣元年(1094)新党上台,旧党被逐之际,他旧地重游,仍恋恋不能忘怀,特地写了一首《望海潮》,把眼前的厄运与昔时的雅兴作对比,不胜感慨。

就在秦观跃跃欲试,积极准备为国出力的时候,意外发生了。黄庭坚等人入馆职的考试,是由苏轼参与其事的。苏黄为师友,是众所周知的事。就在黄庭坚等到职不久,朱光庭等人即借口苏轼试馆职之事上章言事,以人臣不忠,请正考试官之罪。苏轼随即上《辨试馆策问札》作回应。朱光庭再上奏章论苏轼之罪,言语甚是激烈,任性使气而不顾事实。朱光庭为程颐门人,属于洛党,后入刘挚门下,归朔党,为其党魁。于是馆职考试的矛盾被不断升格,最终与朋党之争挂钩,洛党指苏轼为蜀党。

元祐党争正式拉开序幕。

尽管如此,元祐二年四月,恢复制科,苏轼、鲜于侁等人还是向朝廷推荐了秦观,以备著述之科。应荐入京的秦观,针对当时日趋激烈的党争,作《朋党论》上下篇,为苏轼等辩护。在这两篇文章里,秦观对朋党之说并不回避,而是强调朋党有忠奸之别,有君子与小人之别,作为御极的帝王,不是要消除朋党,而是应该善辨朋党,用君子之党斥小人之党,如此既可避党争之祸乱,又可达到治理国家的目的。如此立论,表明秦观对党争是看得比较透彻的,立论也是很公允的。但是如何辨别君子之党与小人之党呢?秦观并未拿出具体的标准。有理有据,却不能解决问题,特别是他那苏门四学士的身分,使这样的文章本身就带有朋党的色彩,因此,不仅没有平息党争,反而使他本人也卷入到党争的旋涡之中了。

九月份,贤良方正科的考试正式开始,经过充分准备的秦观上《策论》五十篇,《序篇》一篇。这些文章,可以说是秦观多年观察分析北宋现实,针对其弊端而发的有用之论。特别是其中论如何用人、如何加强边防等论,可以说是切中肯綮之论。但是,由于他身不由己地陷入党争的泥潭之中,所以,无论他所论多么切合实际,文章如何漂亮过人,都注定会受到排斥。策论上闻,谣言也随之而起。有人"诬以过恶",还有人指责他跟青楼女子交往甚密,行为不检点等。因此,他在京师的处境极为艰难。这时,他的老师苏轼因为受到政敌排斥,上章要求外任,请以黄庭坚自代。在这种情况下,秦观借故身体欠佳回到了蔡州。

仕进受阻,秦观的思想呈现出复杂的一面,既表现出积极进取的精神状态,又不时显示出消极沉郁的一面。陈师道为作《字序》说:

> 元丰之末,余客东都,秦子从东来,别数岁矣。其容充然。余惊焉,以问秦子,曰:"往吾少时,如杜牧之强志盛气,好大而见奇,读兵家书乃与意合,

谓功誉可立致，而天下无难事，顾今二虏有可胜之势，愿效至计，以行天诛，回幽夏之故墟，吊唐晋之遗人，流声无穷，为计不朽，岂不伟哉！于是字以太虚，以导吾志。今吾年至而虑易，不待蹈险而悔及之，愿还四方之事，归老邑里，如马少游，于是字以少游，以识吾过。"

汉代马少游不慕其兄马援立功异域，唯愿老死乡曲，曾引起过许许多多失意文人的共鸣。作为一个少年时期胸怀大志的文人，秦观在仕途受挫之时，立即消沉下去，仰慕马少游之为人，甚至易"太虚"为"少游"，把字都改了，不能不说是其性格较为柔弱的一种反映。心中的苦闷无法排解，就与失意的边将高永亨相从于城东古寺，酣饮悲歌。高永亨，字无悔。元丰五年与兄弟永能守永乐，因与主帅不合，被调任后方。秦、高二人皆失意之士，心境正相吻合，可谓惺惺相惜。除此之外，就是醉卧青楼以解忧怀。少游与蔡州歌妓陶心儿、娄琬相从甚密，曾赋《水龙吟》、《南歌子》等相赠。又据蔡正孙《诗林广记》后集卷八引《桐江诗话》记载，秦观在蔡州时，曾心仪一位畅姓的道姑，虽然想尽办法接近她，道姑终不为所动。从现存诗歌中赠畅师的内容看，《桐江诗话》中的记载，也不全是空穴来风。

秦观在蔡州五年，寄迹青楼，作词以应歌，使词艺更加成熟和高超。在蔡州这段时间里，他的词主要以描写爱情为主，感情真挚细腻，手法多样，驾驭语言的能力更为高超，艺术风格更趋深婉。前人称"秦少游得《尊前》、《花间》遗韵，却能自出清新"（清江顺诒《词学集成》），主要是指为青楼所撰的歌词，而这一阶段作品尤近《花间集》，因为《花间集叙》便是这么说的："则有绮筵公子，绣幌佳人，递叶叶之花笺，文抽丽锦；举纤纤之玉指，拍按香檀。不无清绝之辞，用助妖娆之态。"词作为歌唱文学，必须如此叙说。词人与歌女合作，才能写出当行本色的作品。《花间》词是如此，柳永词是如此，秦观词也是如此。而且，也许是因为仕途不顺，词人在写男女之情时，总是不自觉地流露出心中的愁情哀绪。缠绵的感情与莫名的愁绪相纠缠，给他的词蒙上了一层惝恍迷离的色彩，给人以朦胧美感。虽然词中所表达的感情,可以简单地理解为男女恋情,但仔细研读,特别是结合词人的身世考察,又会发现在这些男女之情的背后,其实存在着词人另一种意绪——一腔愁怀。这就是清人周济所谓的"将身世之感打并入艳情"。秦词这一时期最主要的风格特色,就在于此。

秦观在这段时间里所撰的策论也很有特色。为应制科(即贤良方正能直言极谏科)而进的三十篇策,二十篇论,外加序一篇,都是宋代策论文学中的精品。这些政论都写得很活,深受苏轼的影响,尤其注意联系当时的实际,较少作书生空谈。他文笔犀利,说理透彻,引古证今,富有说服力与感染力。黄庭坚在《晚泊长沙示秦处度范元实》诗之四中说:"少游五十策,其言明且清。肇墨深关键,开阖见日星。陈友论斯文,如钟磬鼓笙。"特别值得一提的是,在这期间秦观写有《韩愈论》一文,表明秦观的文艺观已经相当成熟了。在这篇论文中,秦观对文学史上各类文体进行归纳,历评诸家风格,从而充分肯定了韩愈、杜甫在文学史上"集大成"的地位。自北宋以来,尊韩尊杜之风长盛不衰,但前期受道学风气影响,对韩、杜的认识,基本上是从崇道、传道、明道等各方面展开的,很少从文体发展的角度立论。秦观以一个文学家的敏感,从文体的角度去认识韩、杜,充分肯定了韩、杜二人的文学成就,肯定他们在文学史上的地位而不是他们在道学史上的地位,这对全面认识韩、杜二位作家是有积极意义的。而且,在古代文学批评史上,就批评模式而言,自欧阳修创造诗话这种论诗形式以来,许多诗话或摘评几句,或单评一诗,或仅以一二作家相比较,很少作综合性对比性的评价。唯有李清照《词论》综合评论许多不同的词人,但时间已晚了几十年。像秦观这样全面而有系统的作家论,在中国文学史上,也是有一定地位的。

赠女冠畅师

瞳人剪水腰如束①,一幅乌纱裹寒玉②。飘然自有姑射姿③,回看粉黛皆尘俗。雾阁云窗人莫窥④,门前车马任东西。礼罢晓坛春日静⑤，落红满地乳鸦啼。

① 瞳人：即瞳孔。李贺《唐儿歌》："骨重神寒天庙器，一双瞳人剪秋水。"腰如束：谓腰细如束素。宋玉《登徒子好色赋》："腰如束素，齿如含贝。"

② 寒玉：因玉质清凉，故云。这里指美人形象之清秀，犹冰肌玉骨。

③ 姑射姿：《庄子·逍遥游》："藐姑射之山，有神人居焉，肌肤若冰雪，绰约若处子。"

④ 雾阁云窗：喻居处之深幽。唐韩愈《华山女》诗："云窗雾阁事慌惚，重重翠幔深金屏。"

⑤ 礼罢晓坛：礼坛为道教的斋戒仪式，一般分早、中、晚三次。早为"清旦得道仪"，午为"中分得道仪"，晚为"落景行道仪"。

这首诗是元祐中作者任蔡州教授时所作。女冠，即女道士。据蔡正孙《诗林广记》后集卷八引《桐江诗话》："畅姓惟汝南有之，其族尤奉道，男女为黄冠者十之八九。时有女冠畅道姑，姿色妍丽，神仙中人也。

少游挑之不得,乃作诗云。"所记虽近小说家言,揆之以少游个性,恐怕也并非全是虚语。诗的前四句描写畅姓女道士的容貌,由美丽动人的眼睛开始,及腰,及身,及神态,及气质,由实而虚,由局部特写而整体风貌,将畅师的美貌与超凡的风韵绘出。后四句描写畅师的修道生活。诗中以畅师的虔诚静修与尘俗的嘈杂繁乱作对比,以"雾阁云窗"一句,突出其绰约如仙子般的超脱凡俗的精神风貌,以"落红满地"一句,寄托作者对佳人年华逝去的感慨,隐然流露出作者的向往之情。

宋胡仔《苕溪渔隐丛话》前集卷四二引《王直方诗话》:"东坡尝以所作小词示无咎、文潜,曰:'何如少游?'二人皆对云:'少游诗似小词,先生小词似诗。'"以此诗观之,此论确非虚语。全诗八句,若去掉第三句(或第四句)、第七句,即打破了原来的对称与平衡,产生一种跳跃与不稳定之感,使诗情更加婉媚动人,俨然一首绝妙《浣溪沙》小词,唯前半为仄韵而已。"诗似小词"之论,仔细体味,当能得之。

水　龙　吟

　　小楼连苑横空，下窥绣毂雕鞍骤①。朱帘半卷，单衣初试，清明时候。破暖轻风，弄晴微雨②，欲无还有。卖花声过尽③，斜阳院落，红成阵④，飞鸳甃⑤。　　玉佩丁东别后，怅佳期、参差难又⑥。名缰利锁⑦，天还知道，和天也瘦⑧。花下重门，柳边深巷，不堪回首。念多情但有，当时皓月，向人依旧。

① 绣毂雕鞍：华贵的车马。此指纵马奔驰的男士。

② 弄晴：作弄晴天。此是以拟人手法写阴晴不定。

③ 卖花声：叫卖鲜花的声音。宋孟元老《东京梦华录》卷七："是月季春，万花烂熳，牡丹、芍药、棣棠、木香，种种上市。卖花者以马头竹篮铺排，歌叫之声，清奇可听。晴帘静院，晓幕高楼，宿酒未醒，好梦初觉，闻之莫不新愁易感，幽恨悬生，最一时之佳况。"

④ 红成阵：落花成阵。红，指花。

⑤ 鸳甃：用对称的砖瓦砌成的井壁。

⑥ 参差："差池"的音转，意犹"蹉跎"，指与事乖违、错过机会。

⑦ 名缰利锁：为名利所拘系。

⑧ 和天也瘦：化用李贺《金铜仙人辞汉歌》："天若有情天亦老。"和，连。

　　这是怎样的一种分手！心心相印，两情依依，却不得不倏然离去。没有哭泣，没有埋怨，甚至没有告别的语言。楼中的女子默默地看着心爱之人跨马匆匆离去，马蹄声去，卖花声来，直到叫卖之声也渐渐远去，内心的落寞与外界的枯寂静静地交织，让她咀嚼青春，感受日暮微寒，让红颜如花瓣般坠落，无声无息。也许，那一份温暖还在他的怀中，那一段柔情还在他的脑海，为名缰利锁的他，在率然离别的路上，将频频回首，把无尽的惆怅、叹息、无奈，还有那无望的希望，一并洒落，由眼角、两颊，到马蹄，到深巷，到重门，伴随着那静静开放的娇花，那迎春轻拂的嫩柳，映衬瘦削的身影——那么，就将一切都交给皓月吧，由它作证，默默地诉说，静静地抚慰。

据《花庵词选》注云："（此词）寄营妓娄琬，琬字东玉，词中藏其姓名与字在焉。"《苕溪渔隐丛话》前集卷五十引《高斋诗话》："少游在蔡州，与营妓娄琬字东玉者甚密，赠之词云'小楼连苑横空'，又云'玉佩丁东别后'者是也。"考秦少游在元祐元年至五年任蔡州教授，与青楼歌妓过从甚密，集中不乏赠妓之作。加上此词第一句隐"娄琬"二字，过片又含"东玉"二字，《花庵词选》所注应非虚语。对于此词风格，杨万里《诚斋诗话》有言："客有自秦少游许来见东坡。坡问少游近有何诗句，客举秦《水龙吟》词云：'小楼连苑横空，下窥绣毂雕鞍骤。'坡笑曰：'又连苑，又横空，又绣毂，又雕鞍，又骤，也劳攘。'"单纯就这两句来看，东坡的批评应该说是有道理的，但若结合整首词情来看，这样作细致的交代，不仅不"劳攘"，反而是刻画楼中人意绪所必不可少之笔，与温庭筠《菩萨蛮》"小山重叠金明灭"有暗通之处。对于秦观这种写法，今人吴世昌先生也是持肯定态度的，其说可供参考。

南 歌 子

　　玉漏迢迢尽，银潢淡淡横①。梦回宿酒未全醒②，已被邻鸡催起怕天明。　　臂上妆犹在，襟间泪尚盈③。水边灯火渐人行，天外一钩残月带三星。

① 银潢：银河。苏轼《和文与可洋州园池三十首·天汉台》诗：“汉水东流旧见经，银潢左界上通灵。”

② 宿酒：隔夜之酒。白居易《早春即事》诗：“眼重朝眠足，头轻宿酒醒。”

③ 臂上二句：此处指晨起别情。唐元稹《会真记》：“及明，睹妆在臂，香在衣，泪光荧荧然，犹莹于茵席而已。”

　　这是一首赠妓词。此词本事，历代词话多有记载，自胡仔《苕溪渔隐丛话》前集卷五十引《高斋诗话》，说是秦观在蔡州时，眷顾营妓陶心儿，青楼醉宿，天晓临歧，写此词以赠。

词以夜色深沉开头，绘凄清之景，寓悲伤别情。开始二句互文见意。"迢迢"形容玉漏迟缓，似与春宵苦短不合，实则意指夜已深沉，二人彻夜不眠，苦苦相守，眼见淡淡银河横斜，疲极于夜色将尽之时，故而有时间凝固、长夜漫漫之感。又以辽远空旷之景，见孤寂无绪之情。漏尽更残，写出将别的失望与痛苦。虽含而不露，伤别之意，已在其中，为全词之感情基调。"梦回"并非指沉沉睡梦，而是指伤情过度，神志未清，如梦似幻。"宿酒未全醒"是对这种状态的很好说明。黎明时分，犹自宿酒未醒，正是借酒浇愁过甚的证明。"怕天明"三字缀于"催起"之后，将词情翻进一层，状别离之际难舍难分之貌。情真意切，十分感人。

过片具体写女子于临别之时因情不能已而泪水莹莹。沉沉夜色虽然掩去了她的清泪，但天亮后那留在男子臂上襟间的盈盈泪迹、点点粉痕，却是她深情无限的见证。这两句写女子深情，不从正面描述，而借缠绵恩爱之后的妆痕泪点作侧面渲染，表情婉曲，笔涉绮艳却是点到即止，有言简意丰之妙。继写别去后失意伤怀。天色渐晓,行人渐起。缠绵一夜,不想别离也得别离,难得分手也只有分手。结尾一句,绘夜色将褪时天空中景:一钩残月,周围映带二三残星。这是一幅精致的画面,虽然意象明晰,所营造的气氛,却极为清冷,给人凄切之感,恰到好处地烘托了情人不得不分手的无奈无绪而又凄凉的心境。历代词论家还往往把那一钩残月带三星的意象,与"心"字的形状相联想,并因此认定此词乃秦观为所眷之营妓陶心儿所写。口耳相传,几成事实。虽然此事是否属实尚无确证,但风流文人戏笔为之也不是没有可能。果真如此,则以一景传情之外,别具双关之意,就更别具一番妙趣了。只是这种游戏之笔,偶一为之,或有尖新之妙,若因袭成风,则又堕入恶趣矣。所以《词则·闲情集》卷一说:"(结句)双关巧合,再过则伤雅矣。"充分肯定其双关之巧,写景之美,可谓恰到好处。

南　歌　子

香墨弯弯画[①],燕脂淡淡匀。揉蓝衫子杏黄裙②，独倚玉阑无语点檀唇③。　　人去空流水，花飞半掩门。乱山何处觅行云④？又是一钩新月照黄昏。

① 香墨：此指画眉的螺黛。

② 揉蓝：即蓝青色。古代以蓝草之汁作蓝色染料，用时以手揉之，故称。黄庭坚《点绛唇》词："泪珠轻溜，裛损揉蓝袖。"

③ 檀唇：形容女性唇吻之美。檀为浅绛色。唐宇文氏《妆台记》谓"唐末点唇有胭脂晕品：石榴娇、大红春……圣檀心……"等。唐韩偓《余作探使以缭绫手帕子寄贺因而有诗》："黛眉印在微微绿，檀口消来薄薄红。"

④ 行云：双关语，一指天上云朵，一喻恋人踪影。宋玉《高唐赋》中记楚怀王与巫山神女欢会，神女临别赠言有"且为朝云，暮为行雨"之语。

此词写闺怨，从词情词风来看，应该是跟前一首差不多同时的作品，故系之于此。词的上片，状闺中女子仔细着妆之态,见春闺寂寞意绪。"独倚玉阑无语点檀唇",慵懒无绪之态可以想见。下片将笔触转向其独倚时的所见、所感。严装独立的她,看到的却是一幅与其艳丽衣着不相称的景象:乱山满目,行云无处,落花飘飞,溪水空流。这是一幅凄艳的图画,虽然画面上的颜色极其丰富,但整体上的布局却是零乱的,和她的严装完全不合拍。零乱的画面,正是她零乱心情的外化;"空"则成了她落寞无绪,心绪无着的写照;"半掩门"又折射出她不堪眼前之景,无奈之中所做出的下意识的反应。这三句以景传情,可谓含而不露。"行云"既指其眼前乱山之云,又喻指其所恋之情,暗寓两情相依之意,透出闺怨根源。一语双关,情涉绮艳却不露痕迹,词情确实婉曲要眇。以"行云"暗喻男女欢会者不乏其人,但往往直指本意,少有双关之妙。张先《醉垂鞭》写一舞女云:"昨日乱山昏,来时衣上云。"颇为温婉,与秦观此词有异曲同工之妙,或为秦词所本,也未可知。最后一句,以黄昏新月之景收束,景色虽明丽,意境却凄清,那一钩新月,又不知要承载她多少相思与多少愁绪。结合前面一首相推想,似也是为陶心儿这类歌女而作。

满 庭 芳

茶 词

雅燕飞觞[①],清谈挥麈[②],使君高会群贤[③]。密云双凤[④],初破缕金团[⑤]。窗外炉烟似动,开瓶试、一品香泉。轻淘起,香生玉尘[⑥],雪溅紫瓯圆[⑦]。　　娇鬟,宜美盼[⑧],双擎翠袖,稳步红莲[⑨]。坐中客翻愁,酒醒歌阑。点上纱笼画烛,花骢弄、月影当轩[⑩]。频相顾,余欢未尽,欲去且流连。

① 雅燕:即雅宴。燕,通宴。

② 清谈:亦称清言、玄言或麈谈。始于魏时何晏、夏侯玄、王弼,上承汉末清议,但从品评人物转向以谈玄为主;至晋代王衍,其风大盛。《世说新语·容止》:"王夷甫(衍)容貌整丽,妙于谈玄,恒捉白玉麈尾,与手都无分别。"挥麈:

《能改斋漫录》卷二引《释藏音义指归》云:"《名苑》曰:'鹿之大者曰麈,群鹿随之,皆看麈所往,随麈尾所转为准。'今讲僧执麈尾拂子,盖象彼有所指挥故耳。"

③ 使君句:使君,对州郡长官的尊称。高会,盛会,盛宴。

④ 密云:亦称密云团、密云龙,茶名。《能改斋漫录》卷一五引《画墁录》:"丁晋公(丁谓)为转运使,始制为凤团,后又为龙团,岁贡不过四十饼。天圣中又为小团,其饼迥加于大团。熙宁末,神宗有旨下建州制密云龙,其饼又加于小团。"《词品》卷三:"密云龙,茶名,极为甘馨。"双凤:指大小凤团,均为茶饼。

⑤ 缕金团:即用金丝或金花包装起来的茶饼。苏轼《行香子·咏茶》:"看分月饼,黄金缕,密云龙。"

⑥ 玉尘:形容碾碎的茶末。宋人饮茶,均先行碾碎。黄庭坚《品令·茶词》:"金渠体净,只轮慢碾,玉尘花莹,汤响松风。"

⑦ 紫瓯:紫砂茶盂。蔡襄《试茶》诗:"兔毫紫瓯新,蟹眼清泉煮。"

⑧ 美盼:眼神顾盼生情。《诗经·卫风·硕人》:"巧笑倩兮,美目盼兮。"

⑨ 红莲：《南史·齐东昏侯纪》："凿金为莲花以帖地,令潘妃行其上,曰:'此步步生莲花也。'"

⑩ 花骢：青白杂色的马,又名菊花青。

这是一首书写筵间欢乐之情的词。从上片起首三句看,此词或作于蔡州。依词意,这次雅集高会,是由一位州郡长官（使君）为东道主的。少游在蔡州时,郡守向宗回遇之甚厚。元祐三年,少游有《次韵裴秀才上太守向公二首》诗,其一有句云："使君英妙开莲幕,别驾风流出粉闱。"其二云："上客新从颍尾归,使君高会列南威。风将沉燎萦歌扇,雪带梅香上舞衣。翻样云团分御帑,如椽蜜炬出宫闱。"此诗也写高会、南威（舞女）、云团（茶饼）,与此词颇相似。而所谓"群贤",当指裴秀才及裴仲谟（时任蔡州通判）,与莲幕诸公。在未发现其他郡守主持"高会"之前,我们不妨将此词暂定为蔡州时作。

词以"雅燕"开头,可谓开门见山,直奔主题,乃整首词的词眼。雅燕,即雅宴,文人雅集之意。自古以来,文人即有雅集之风,特别是东晋时期,此风更盛。唐末五代,藩镇附庸风雅,对结社之习再炽起了推波助澜的作用。入宋之后,文官制度的确立,文化知识的普及等,都为文人雅集提供了更为方便的条件。魏晋风流,雅集之时,飞觞之外,更佐以清谈。发展到宋代,"雅"的内涵有了极大的丰富,其外在表现也有了很大的改观,除前面所说的两项之外,更为时髦的就是品香茗看歌舞。这首词所写,正是宋代文人雅集时的情景。

起首三句,以"雅燕"开,以"高会群贤"收,点出此番盛会,乃千古流芳之举。借着雅集的名义,不仅有了一饱眼福的机会,更有一饱口福的可能,当然就更加迫不及待地想尝一尝珍贵的密云龙茶饼的滋味了。"窗外"二句,正是这种迫切心情的写照。这里"炉烟",不是指烧开水的柴烟,而是指水沸后的水汽。"似动"二字,形象地勾勒出与会文士们急于品茶的心情。炉子上的水汽还似动非动,他们就已经开始想象着如何开饼入汤,品尝香茗了。终于,水沸了,茶饼被投入汤中,在淘起茶末时,一股清香扑鼻而来,泛起的白沫在紫色的茶杯壁上形成一个美丽的圆圈。"轻淘起"三句,具体写冲泡茶饼时的情形。阵阵香气,满纸溢出,用语华丽,意象优美,是文士们惊喜心情的写照,虽然词中只描写了一"轻淘"的动作,但从中却不难看出其人茶艺的高超以及茶文化的发达。

品茶之余,继之以清歌妙舞助兴。词的下片从品茶之雅,转到品歌舞之雅上。跟上片开头即点明"雅燕"一样,下片从"娇鬟"开始,也是不枝不蔓,直奔主题。紧接下来三句,即具体描绘舞蹈的优美动人。顾盼自如的双眼,明眸善睐;擎起的双袖,玉洁冰清;踏着鼓点的舞步,稳步红莲。词人抓住舞者的鬟、眼、手足三个方面,加以表现,由上到下,给舞者一个全景扫描,从"美盼"、"双擎"、"稳步"中,刻画出舞者的妙态姿容。

"坐中"二句,是参与雅集者的感受。一番雅集,本应心满意足,词人却说在酒醒歌阑之后,"坐中客翻愁",不乐反愁,给人悬念,为下面词情的转深埋下伏笔。"点上"二句,是宴散人去时的景象。欢聚直到深夜,众人尽兴之后,才客散罢宴。但雅兴犹浓的词人,在离去的路上,仍能有雅的体会。那纱笼里的点点红烛,那花骢弄月的妙趣,岂不正是当初李煜"归时休放烛花红,待踏马蹄清夜月"的意境?个中雅趣,较宴上亦复不减。结尾三句,写客人们的流连忘返。所谓"余欢"当是指马蹄踏月的逸趣,"余欢未尽",则是"客翻愁"的根本原因了。一场雅集,作为郡守的主人殷勤待客,而与会的才子,在受到热情款待之后,尽欢而散,当然不能一走了之,以一首词来表达对主人的谢意,可以说是理所应当,但若将这一切写得太露,则难免俗态恶趣,伤了主人的雅意,因此,只能宛转传情。结尾三句用客人的流连忘返,含蓄吞吐,将一片谢意尽付其中,却宛曲而富于情致,含不尽之意,又丝毫不伤词情,可谓妙笔生花。

四、任职京师与渐罹党祸(1090—1094)

元祐五年(1090)二月二日,李公择卒于陕府阌乡县传舍。

二月三日,孙莘老卒于高邮。

两位曾给少游很大帮助的前辈学人辞世而去,再次让秦观这位多愁善感的文人感到人生的悲凉。

党祸一起,便愈演愈烈。在这样的背景下,少游离开蔡州任职京师。

元祐五年五月,因为范纯仁等人推荐,少游离蔡入京,除太学博士。这次任命并不长久,很快就因党争受到牵连而被改任他职。《续资治通鉴长编》卷四四二记载,秦观受命不久,"右谏议大夫朱光庭言:新除太学博士秦观,素号薄徒,恶行非一,岂可以为人之师?伏望特罢新命,别与差遣。"很显然,这是朱光庭排斥异党的片面之词,但朝廷为了协调、缓和各党之间的矛盾,罢去了太学博士之命,另命秦观为秘书省校对黄本书籍。校对黄本书籍是秘书省内的一个属官。据《宋史·职官志四》载,元祐五年始置此职,绍圣初罢,前后不过四年,而职位又很低,远在集贤校理、校书郎之下,他的工作是校对馆藏黄本图书,相当于今天国家图书馆的一般馆员。这个职位虽不显要,但终究是在京城为官,而且较为清闲,与其文人性格正相吻合。这时,受到排挤的苏轼也从外任调到京师,苏氏兄弟一为尚书右丞,一为翰林学士承旨。蜀党人士占居要职,洛党、朔党更看不惯。《苏诗总案》卷三三记载:"先是,刘挚、刘安世攻败洛党,挚已在执政。既乃刘安世劾罢范纯仁。及刘挚代纯仁为相,王岩叟为枢密使,梁焘为礼部尚书。刘安世久在谏垣,号殿上虎,招徕羽翼益众。朱光庭、贾易等失其领袖,皆附朔党以干进。挚擢(贾)易为侍御史,驱(苏)公意在倾子由也,构难方急。(七月)六日,

(轼)上《论朋党之患》、《再乞郡札》。"可以说在朝廷上
已形成了洛、朔两党相互勾结对付蜀党的局面,所以,苏
轼不得已再次请求外任。在这种情况下,当秦观从校对
黄本书籍升任"正字"时,便再次受到攻击。《续资治通
鉴长编》卷四六二记载:

> (元祐六年)七月己卯,左宣德郎吕大临、秘书
> 省校对黄本书籍秦观,并为正字。大临,大防弟也。
> 先是,大防谒告,刘挚谓傅尧俞、苏颂、苏辙曰:"明
> 日与大临了却正字差遣。"皆曰诺。及退,王岩叟
> 移柬挚曰:"命出必有窃议者,恐于朝廷、于公及其
> 人,皆不为美事。"挚答曰:"敬服。"

《续资治通鉴长编》卷四六三又记:

> 元祐六年八月戊子朔……同日,又以赵君锡
> 《论秦观疏》付三省。刘挚私志其事云:初除观为
> 正字,用君锡之荐。既而贾易诋观"不检"之罪。
> 同日,君锡亦有一章曰:"臣前荐观,以其有文学。
> 今始知其薄于行,愿寝前荐,罢观新命。臣妄荐观,

罪不敢逃也。"观亦有状辞免。今日君锡之疏曰：
"二十七日，观来见臣，言贾御史之章云：'邪人在
位，引其党类，此意是倾中丞也。今贾之遗行如观
者甚多，中丞何不急作一章论贾，则事可解。'观之
倾险如此，乞下观吏究治之。缘臣与贾易二十六日
弹观，才一夕而观尽得疏中意，此必有告之者。朝
廷之上，不密如此！观访臣既去，是日晚有王遹来，
苏轼之亲也。自言轼遣见臣有二事：其一则言观
者公之所荐也，今反如此。其一则两浙灾伤如
此……臣以为观与遹，皆挟轼之威势，逼臣言事，欲
离间风宪臣僚，皆云奸恶，乞属吏施行。"夫君锡之
荐观也，非本知观也。未拜中丞时，观多与王巩游
饮，君锡在焉，缘此习熟。既为中丞，巩迫令荐之。
观，轼之客也。故凡不喜轼者皆咎君锡，及易至，亦
以君锡荐观为非，会观有正字之除，易率先一章，君
锡遂翻然首之。

为了党争的需要，一些日常生活的细节，都被断章
取义地处理呈供于朝堂之上，字里行间，透露出阴毒之

气。其人之阴险,可想而知。八月份,贾易上章攻击苏辙,再次攻击秦观。好在太皇太后高氏对苏氏兄弟特别喜爱,并有意保护,使蜀党政敌多少有所顾忌,以致洛、朔两党的攻击,虽对蜀党中人如秦观的仕进产生了影响,但蜀党人士在京师的地位却并没有受太大的冲击。苏辙为人谨小慎微,远避是非,在京师地位很难撼动。苏轼又存远祸之心,时时请求外任(曾短时间出任扬州太守),在客观上避免了矛盾的激化,也是蜀党地位得以巩固的重要原因。只是,在这种不正常的政治氛围中,秦观已经敏感地意识到仕进的渺茫,因此,时时愁绪满怀。元祐七年三月上巳日,朝廷诏赐馆阁花酒,并游金明池、琼林苑等地,又会于国夫人花园。这是皇室率馆臣赏春踏青的一次盛会,总共有二十六人参加,秦观在其列。这对秦观来说,可谓是无上的荣耀。从其所作《西城宴集诗》二首可以体会到这一点。但在《金明池》词中,词人却发出了归欤之叹,隐然传达出对政治斗争的无奈与厌倦。

元祐八年(1093),苏轼调任京师要职,蜀党再显,招致更严厉的弹劾。《续资治通鉴长编》卷四八四载谏官黄庆基弹劾苏轼，并累及秦观。他说：

> 轼自进用以来，援引党与，分布权要……昨荐王巩，既除宗正寺丞，又通判扬州，竟以不持行检败。近者荐林豫，自东排岸，不问资序，遂差知通利军。前者除张耒为著作郎，近者除晁补之为著作佐郎，皆轼力为援引，遂至于此。至如秦观，亦轼之门人也，素号獧薄，昨除秘书省正字，既用言者罢矣，犹不失为校对黄本书籍。是以奔竞之士，趋走其门者如市，惟知有轼而不知有朝廷也。为人臣而招权植党至于如此，其患岂小哉？

这样的奏章，不顾苏轼所任之人是否称职，只谈其所任为其所亲，再将之尽量放大，无限上纲，将苏轼敷衍成一个危及朝廷安全的人物，以耸视听，用心不可谓不良苦，也不可谓不险恶。好在朝中有高太后作主，才暂免祸患。而按照党争的不成文规矩，被弹劾者若未受到惩罚，则弹劾者自请受罚。在弹劾者去职之后，秦观反被擢升为"正字",一个月之后,又被宰相吕大防荐为史院编修。任职之初,诏赐砚墨、纸笔、器币。这种待遇,是非常优渥的。秦观有《赐砚记》记其事:"元祐八年八月十二日,臣观始供史职。是日,诏遣中使赐……郭玉墨、淄石砚、□□盘龙麦光纸,点龙染黄越管笔。后三日,乃赐器币。近世史臣,唯遇开院,有墨砚纸笔之赐,续除者,但赐器币而已。续除备赐,自臣观始云。国史编修官左宣德郎秘书省正字臣秦观谨记。"

但是,这种特殊的待遇以及在这种待遇背后政治上的优越感,在高太后去世后,彻底崩溃了。元祐八年九月三日,高氏太皇太后崩,哲宗亲政。于是,政局中蕴含着将变的趋势,党争之祸将至白热化。

本有归欤之志的秦观,在觉察局势将变时,隐遁的情结更重,他先将女儿嫁给范祖禹的儿子范温,又遣去侍妾朝华,打算借修真以了残生。据宋张邦基《墨庄漫录》卷三记载:"秦少游侍儿朝华,姓边氏,京师人。元祐癸酉纳之,尝为诗曰:'天风吹月入栏干,乌鹊无声子夜阑。织女明星来枕上,了知身不在人间。'时朝华年十九。后三年,少游欲修真断世缘,遂遣归父母家,以金帛嫁之。"但朝华并没有轻易离他而去。朝华回到父母家不久,父母张罗她改嫁,她却坚持要回到秦观身边,她的父亲只好再把她送回,直到少游被贬南荒,实在不愿她相伴受苦,再次遣她归家,她才依依不舍地别去。

京师四年,秦观留下了一些诗词文赋作品,总体风格上并没有太大的突破,只是更为纤细婉约一些。词如《南歌子》词赠东坡侍妾朝云,《一丛花》词咏歌女师师等,都未能越出男女之情的范围,但抒情更为婉约,手法更为纯熟,代表着秦观成熟的词风。其诗"如小词"的格调也没有太大的突破,刻画入微,虽细腻传神,却有尖新轻巧之嫌。所可注意的是,这段时间里所作的《调笑令》十首,以及《忆秦娥》四首,用的是当时流行于汴京之"转踏体",表明词人曾受教坊及瓦子艺人影响。虽然这些作品写得也很成功,但在秦观作品中所占的分量毕竟有限,而且,这种趋势就作者而言,也只是偶一为之,并非其艺术追求的一个方向,因此,影响终究有限。这里就不选录分析了。

一丛花

　　年时今夜见师师^①，双颊酒红滋。疏帘半卷微灯外，露华上、烟袅凉飔^②。簪髻乱抛，偎人不起，弹泪唱新词。　　佳期谁料久参差^③，愁绪暗萦丝。想应妙舞清歌罢，又还对、秋色嗟咨。惟有画楼，当时明月^④，两处照相思。

① 年时：宋时方言，犹当年或那时。师师：作者所遇之歌妓名。据宋人笔记《李师师传》称："汴俗，凡男女生，父母爱之，必为舍身佛寺，为佛弟子者，俗呼为师，故名之曰师师。"唐宋时期名师师者颇不乏其人。唐人孟棨《北里志》载平康妓有李师师，宋张子野有《师师令》词，后来更有宋徽宗私幸李师师故事。作者所遇，与上面所提殊非一人。

② 凉飔：凉风。

③ 参差：错过。

④ 当时明月：宋晏幾道《临江仙》词："当时明月在，曾照彩云归。"

　　风流才子,总少不了佳人相伴。多情的词人汴京任职期间,常出入秦楼楚馆之中,文抽丽锦,拍案香檀之际,少不了与纤纤之素手,递叶叶之花笺。春花烂漫,秋月当楼之时,自然风流债多。此词所写,即是为情所困的怅然感慨。当日相见,疏帘半卷,露华初零,轻烟袅袅,双颊微红,鬓云散乱,新词唱罢,夜浓情更浓。千般密意,万种柔情,历历如画,不能忘怀。故而欢情过后,再设佳期。然而天违人愿,久相暌隔,只有独自相思相忆而黯然神伤,任愁丝缠绕,如清歌,如妙舞,如明月高楼上的伫盼与叹息一般。

　　感情如此真挚,词人之性情,可想而知。可是,由于所赠乃是歌妓,所以在阴险的政坛,这份情感却被拿来作为对作者进行人身攻击的把柄。早在秦观任蔡州教授期间,就因与青楼女子交往而受到攻击,到京师后,他的这种行为更成为党争的很好借口。《续资治通鉴长编》卷四六三于元祐六年记,政敌们出于党争的需要,以其"薄于行"相攻击。依此词来看,所谓"不检"、"薄于行",应该跟"簪髻乱抛,偎人不起"之类的闺闱描写有关吧。

南　歌　子

　　霭霭迷春态^①，溶溶媚晓光^②。不应容易下巫阳^③，只恐翰林前世是襄王^④。　　暂为清歌驻，还因暮雨忙^⑤。瞥然归去断人肠^⑥，空使兰台公子赋《高唐》^⑦。

① 霭霭：云气浓密的样子。

② 溶溶：水流动貌，也用以形容月光荡漾，此处形容早晨的阳光。

③ 不应句：这里暗喻苏轼侍妾朝云。容易，轻易。巫阳，巫山之阳。《文选·高唐赋》李善注引《襄阳耆旧传》："赤帝女曰姚姬，未行而卒，葬于巫山之阳，故曰巫山之女。楚怀王游于高唐，昼寝，梦见与神遇，自称是巫山之女。王因幸之，遂为置观于巫山之南，号为朝云。"

④ 翰林：此指苏轼，苏轼曾于元祐六年由吏部尚书改翰林学士承旨。襄王：楚顷襄王。《高唐赋·序》称，顷襄王游云梦，有感于楚怀王游高唐故事，使宋玉赋之，其后王寝，梦

与神女遇,其状甚丽。

⑤ 暮雨:宋玉《高唐赋·序》:"(神女)去而辞曰:'妾在巫山之阳,高丘之阻,旦为朝云,暮为行雨,朝朝暮暮,阳台之下。'"此喻幽会。

⑥ 瞥然:眨眼工夫,形容很快。

⑦ 兰台公子:《高唐赋·序》称:楚襄王游于兰台之宫,宋玉、景差侍。后遂以兰台公子称宋玉。兰台本为汉代藏书之处,班固曾为兰台令使,唐人又以称秘书省,少游时任秘书省正字,因以自喻。

　　这是一首赠给苏轼侍妾朝云的词。从词中称苏轼为"翰林",自喻"兰台公子"来看,词应该是作于元祐六年七至九月间。苏轼于元祐六年二月,由吏部尚书改翰林学士承旨,五月除兼侍读,八月,除龙图阁学士知颍州。而作者于本年七月,由秘书省校对黄本书籍迁正字,才两月而罢。当时旧党秉政,苏轼兄弟皆在高位,作者与乃师同时供职京师,可谓春风得意。苏轼命其侍妾朝云向秦观"乞词",作者遂隐括《高唐赋》故事成此作,词笔诙谐。前两句状"巫山之阳"景色,暗中寓"朝云"字面之意,又绘朝云之体态风神,可谓事、景、人三者合而为一,深永含蓄。上片后两句与过片两句,写朝云与苏轼相恋,以巫山神女喻朝云之多情。最后两句,是作者抒怀,点明赠词之意。

有人认为高唐遇神女者为楚怀王而非襄王,少游这里以苏轼喻襄王,似与本事不合。实际上并非如此。顷襄王因宋玉赋《高唐》而梦遇神女,注释中已说明,此其一。作者这里以顷襄王为喻,还为后面"兰台公子"作映衬。因为宋玉是侍襄王而赋《高唐》,其称"兰台公子",与怀王无涉。作者与苏轼既有师生之谊,又有同游之欢,更有赋《高唐》(作此词赠朝云)之约,皆类似于宋玉之于顷襄王。此其二。知此,则不但不会觉得词人用事出错,反而会认为他运思缜密入微,用事稳妥熨帖了。少游词风婉约,且多幽怨凄婉之词,而这首词则出语诙谐,节奏明快,洋溢着一种轻松愉快的气氛。这一点很值得研究淮海词者重视。

阮 郎 归

　　春风吹雨绕残枝,落花无可飞。小池寒绿欲生漪^①,雨晴还日西。　　帘半卷,燕双归,讳愁无奈眉^②。翻身整顿着残棋,沉吟应劫迟^③。

① 漪:微波。《初学记》卷六《总载水》一:"水波如锦文曰漪。"

② 讳愁:谓欲隐瞒内心的痛苦。讳,隐讳。

③ 应劫:犹应敌。劫,围棋术语,对弈双方在同一处各围对方一子,如白方提取后,黑方须在另处下子,迫使白方应后,方能吃回。黑方亦然。如此反复提吃。

　　阴晴的变幻,带不走心中的愁绪。雨水是落花凄凉的眼泪,在春风的缱绻中飘洒。往日的情怀,凝成小池里的一片寒绿,涟漪荡漾,映西斜的余晖明灭。无尽无奈的愁绪,在空中滋生,湿漉漉的。

让愁绪从眉梢溜走吧，想象中，一切都如往日的温情般迷蒙，在眉梢踌躇着。迟归的双燕，倦倦地绕梁，解读着梁上的雕饰，似漫不经心，让心情震颤。

桌上是一盘没有结局的棋……

少游作词，往往如此，纯任感情流动，不着痕迹，少游词艺，到他任职京师时，可以说已达炉火纯青的境界了，此词即是显例。词为惜春伤感之作，寓男女相思之意，但是女恋男，还是男恋女，则皆能解释，不可坐实。特别值得一提的是，其中"讳愁无奈眉"一句，颇耐咀嚼。唐宋词中借写眉来抒发内心感情的名句甚多。如范仲淹《御街行》："都来此事，眉间心上，无计相回避。"与之相较，少游此作有以少胜多之势，五字之中，有四层转折：一是有愁，二是讳愁，三是眉间露愁，四是徒然嗟愁。真可谓是愈转愈深，透过愁眉，洞悉肺腑。明人杨慎赞之曰："写想深慧。"（《草堂诗余》卷一眉批）卓人月也说："讳愁五字，不知费多少安顿！"（《古今词统》卷六）皆可谓有识之见。

虞 美 人

碧桃天上栽和露①,不是凡花数。乱山深处水萦洄,可惜一枝如画为谁开? 轻寒细雨情何限!不道春难管②。为君沉醉又何妨,只怕酒醒时候断人肠。

① 碧桃:仙桃,这里借以赞美主人宠姬名碧桃者,一语双关。高蟾《下第后上永崇高侍郎》:"天上碧桃和露种,日边红杏倚云栽。"

② 不道:不知,不觉。李商隐《赠歌妓》诗:"只知解道春来瘦,不道春来独自多。"

《绿窗新话》卷上记载:"秦少游寓京师,有贵官延饮,出宠妓碧桃侑觞,劝酒惓惓。少游领其意,复举觞劝碧桃。贵官云:'碧桃素不善饮。'意不欲少游强之。碧桃曰:'今日为学士拚了一醉!'引巨觞长饮。少游即席赠《虞美人》词曰(即此词,略)。阖座悉恨。贵官云:

'今后永不令此姬出来!'满座大笑。"从这段记载可知,这首《虞美人》系作于元祐间秦观任职京师之时。

作为一首席间赠贵官侍姬的作品,当然跟一般赠妓之作不同,不可能有露骨的绮情艳思,却必须与筵间欢娱气氛相吻合,侑酒助欢,而且还要暗中逞才,以便获得赏识。从这几个方面来衡量,这首词可以说是一首成功的席间赠品,抒情写意,皆有分寸,体现出词人"对客挥毫"的敏捷才华与高超的驾驭语言的能力。

起首二句,以"碧桃"一语双关,既切其名,又尊其位,以天上和露种之碧桃喻其非凡花可比,赞其貌美绝伦。"乱山"二句,将词的意境拓开一层,以乱山深处一枝独秀,再次赞美碧桃姿容出众。而且于探讯之中,略带挑逗之意,之所以能深藏不露,全在以美景喻美人为掩护。下片开头二句,精于取象,妙于传情。"轻寒细雨"造语新颖,意象朦胧,正合于当时碧桃侑酒,风情微露、心思飘忽的情景。所以,接着就大胆地下了"情何限"三个字。由于词人很巧妙地把那一点点的挑逗之意,涵于"轻寒细雨"的意象之中,使人可以意会,不可言传，故而即使是贵官，也只能是以其"雅量"来装聋作哑，不便发作。"不道春难管"，是说兴头上的碧桃，不顾贵官的阻止，为词人一醉。前面以花喻碧桃，此处以春喻贵官。春主花事，而此时碧桃却不顾贵官劝阻，巨觞长饮。此句表面是写碧桃的尽兴，实则是暗中调侃贵官，以碧桃的放松，嘲贵官的拘谨。

最后二句，拟碧桃声口，作侑觞之语。《绿窗新话》中记碧桃的话："今日为学士拚了一醉。"词人略作改变，以不妨沉醉表达碧桃心声，但以"何妨"的反问语气，带出最后一句"只怕酒醒时候断人肠"，含有两层意思：酒醉不怕，怕的是酒醒之后，欢筵已散，斯人离去，情不能已，尽尝断肠之苦，此为一层；碧桃酒醉之后，不顾贵官劝阻，但酒醒之后，难免被斥责，而此姬被责，皆因"学士"而起，所以此句亦有词人怜惜断肠之意。虚拟碧桃心思，怜香惜玉之意，以调侃之词出之，轻巧之中透出灵秀之气，倍觉词人才子风流。筵间调侃，本一笑了之，所以贵官也不便发作，而他那句"今后永不令此姬出来"的恼语，也在众人的大笑中化为助欢的戏言了。

通过此词本事，我们不得不佩服词人才思的敏捷，文思的巧妙。同时，借此也可以略窥宋代文人生活的某些侧面。

满 园 花

一向沉吟久[①]，泪珠盈襟袖。我当初不合、苦揾就[②]。惯纵得软顽[③]，见底心先有[④]。行待痴心守。甚捻着脉子[⑤]，倒把人来僝僽[⑥]。 近日来、非常罗皂丑[⑦]。佛也须眉皱。怎掩得众人口？待收了孛罗，罢了从来斗[⑧]。从今后，休道共我，梦见也、不能得勾[⑨]。

① 一向：一味，一意。

② 不合：不应该。揾就：迁就，温存。

③ 惯纵：纵容，放任，即过于宠爱之意。软顽：犹撒娇。

④ 见底：见什么。

⑤ 捻着脉子：捏着脉搏，此谓探知心病所在，如医生切中脉象。

⑥ 僝僽：犹云怄气或骂詈。

⑦ 罗皂：吵闹，纠缠不休。

⑧ 待收了二句：意谓准备从此罢休。筊罗，圆形竹篮。斗，量器，容十升。

⑨ 不能得勾：不能够。

　　这是一首俚词，以方言俗语写怨情。大意是说一位女子受不了追求他的男子的百般纠缠，最初她一个劲地纵容、迁就、忍耐，男子得寸进尺，越发吵闹，闹得风言风语，于是女子决定与之断交，连做梦也不愿与他相见。

　　与一般抒发文人情感的词不同，此词刻画民间女子的情感，极富生活情趣。这不仅因为作者有意识地运用了一些方言俗语，而且还在于词人在刻画人物形象时，不再将笔触伸向人物的内心，而是多从其言语、行动着笔，不作静态摹画，而是尽量突出人物的动作神态。"沉吟"、"捆就"、"惯纵"、"捻着"、"僝僽"、"罗皂"、

"眉皱"、"掩得"、"收了"、"罢了"、"休道"、"梦见"等，皆为动词，一个动作接一个动作，读罢全词，女主人公干脆、大胆、率真、泼辣而又多情的形象，立在读者面前，栩栩如生。作为婉约词宗，能以如此笔墨渲染市井生活，贴切生动，软顽俚俗，可谓跟柳永不相上下。于婉曲情深之外，另具一幅笔墨，运用起来也是得心应手，由此可证作者确实是才情过人。

浣　溪　沙

　　漠漠轻寒上小楼[①]，晓阴无赖似穷秋[②]。淡烟流水画屏幽[③]。　　自在飞花轻似梦，无边丝雨细如愁。宝帘闲挂小银钩[④]。

① 漠漠：形容广漠无声。韩愈《同水部张员外曲江春游》诗："漠漠轻阴晚自开，青天白日上楼台。"

② 无赖：古之憎恶语，犹今之无聊、无端。穷秋：晚秋。

③ 淡烟流水：此指画屏上的景色。

④ 小银钩：此指银质帐钩。

这首词是作者小令中的压卷之作，也是宋人小令中的精品。近人王国维《人间词话》以为此词末句"宝帘闲挂小银钩"所写境界虽小，艺术性却相当高。纵观全词，最感人处就在于作者营构了一个精美无比的艺术境界。轻寒漠漠，晓阴似秋的环境，与淡烟流水的幽屏相结合，形成特有的闲雅而又清冷的氛围。飞花似梦，丝雨如愁的心境，与银钩闲挂宝帘的物境相映衬，烘托出落寞无绪与淡淡闲愁相交织的特殊心境。笔触入微，感情细腻。婉谐的音律、浓郁的词意与清幽的画境，营造出特有的凄清婉美、轻灵杳渺的境界，让人陶醉其中。特别是以飞花拟梦，以丝雨状愁，以有形喻无形，以物态绘心境，一反常态，真正达到了"状难写之景如在目前，含不尽之意见于言外"（欧阳修《六一诗话》）的艺术效果，手法堪称高妙不凡，历来最为论者所称道。

此词的具体创作时间不详，但从艺术技巧的娴熟，词情深挚以及愁绪淡淡来看，极可能是任职京师时，身陷党祸却又不能自拔时所作,故系之于此。

梦 扬 州

晚云收。正柳塘、烟雨初休①。燕子未归②,恻恻轻寒如秋③。小栏外、东风软④,透绣帏、花密香稠。江南远,人何处,鹧鸪啼破春愁⑤。　　长记曾陪燕游。酎妙舞清歌,丽锦缠头⑥。殢酒困花⑦,十载因谁淹留⑧。醉鞭拂面归来晚⑨,望翠楼、帘卷金钩⑩。佳会阻⑪,离情正乱,频梦扬州。

① 柳塘:栽植杨柳的池边堤岸。

② 燕子未归:谓春社未到。古人于立春后第五个戊日祭祀以祈丰年,称春社;立秋后第五个戊日祭祀以报神,称秋社。燕子春社来,秋社去,故称社燕。

③ 恻恻:寒侵肌肤的感觉。唐韩偓《寒食夜》诗:"恻恻轻寒剪剪风,杏花飘零小桃红。"

④ 东风软：春风柔和。

⑤ 鹧鸪：鸟名。晋崔豹《古今注》中《鸟兽》："南山有鸟，名鹧鸪，自呼其名，常向日而飞。畏霜露，早晚希出。"

⑥ 缠头：唐宋时，以锦罗赏赐歌女舞妓，称缠头。

⑦ 殢酒：醉酒，病酒。

⑧ 十载句：化用杜牧《遣怀》"十年一觉扬州梦，赢得青楼薄幸名"诗句，自喻在扬州淹留之久。

⑨ 醉鞭句：化用白居易《晚兴》诗："柳条春拂面，衫袖醉垂鞭。"

⑩ 翠楼：华美的高楼。后多指女子的居所。唐王昌龄《闺怨》诗："闺中少妇不知愁，春日凝妆上翠楼。"

⑪ 佳会：犹佳期。指与所欢的约会。

　　宋叶梦得《避暑录话》卷三称许秦观："秦少游亦善为乐府，语工而入律，知乐者谓之作家歌。"可见少游对词乐十分熟稔，不仅所填之词音韵和谐，语工入律，而且能够创调。这首《梦扬州》便是他首创的。当然，他的创调也离不开相应的生活基础，离不开扬州这片人文荟萃的土壤。北宋时期，扬州为繁华都会，灯红酒绿，艳冶奢靡,故文人雅士,趋之若鹜。徐凝《忆扬州》:"天下三分明月夜,二分无赖是扬州。"已是恋恋不忘,杜牧青楼薄倖,更使风流才子心仪不已。词人故乡江苏高邮,离扬州不远,年轻时常往扬州游赏,买醉青楼,驰情古迹,给他留下了深刻的印象。词人曾赞之曰:"明月一帘幽梦,春风十里扬州。"所以在离开多年之后,仍免不了缠绵情丝萦心绕怀!

从词中所写"恻恻轻寒如秋"、"翠楼帘卷金钩"等景来看,似乎跟前一首《浣溪沙》同时所作,但此首所重在追忆昔日扬州艳冶生活。上片从对方着笔,写春闺怨情:暮云已晚,烟雨初收。轻寒恻恻,社燕将归。曲栏之外,春风软透香帏,带来雨后阵阵花香。景色明丽却冷清,楼中之人,独立怀远,春愁满怀。下片从己方着笔,以"长记"领起,逗出种种往日欢情:相伴燕游,酬妙舞,聆清歌,争缠头,青楼薄倖,长醉不醒。归去之时,情犹未已,频顾翠楼。别离之后,更要频梦扬州。彼此相忆,各自伤怀,置身其中则迷情,别离之后则迷梦,词人对在扬州的艳冶生活,可谓刻骨铭心!结合前面那首

《浣溪沙》来看，二词所写虽同一主题，但前首发情无端，此首意脉明晰，前首融身世之慨，此首则以抒发艳情为主，两相比较，前一首似更能激发读者联想。将二词置于一处，不仅可以深入探求词人的情感演进之迹，还可以更深刻地领悟词人惆怅莫名之意绪，由艳冶之思联想到身世之感。后人评秦词常能将身世之感打并入艳情，跟这种创意造景手段是很有关系的。

题赵团练画江干晓景四绝（选一）

晓浦烟笼树，春江水拍空。烦君添小艇，画我作渔翁。

这是一首题画诗。赵团练名叔盎，字伯充，赵廷美四世孙，善画马。赵廷美是宋太祖赵匡胤的兄弟，太宗即位，从征太原，卒后追封魏王。赵叔盎凭借祖上余荫，为当时的贵族。他爱好文艺，更喜与文士交游，尝与苏轼、黄庭坚等唱和。黄庭坚有《同子瞻韵和伯充团练》、

《戏答赵伯充劝莫学书及为席子泽解嘲》二首,任渊注曰:"金玉堂中寂寞人,仙班时得共朝真"二句,"言伯充宗室子,居富贵而自处如寒素也"。但是,这个赵伯充以画马称而不以画小景著名。四部丛刊本于此诗题下案曰:"《侯鲭录》引作《题赵大年小景》",所云赵大年,亦赵氏宗室,善画小景。《山谷外集》中另有《戏题大年防御芦雁》一首,次于元祐三年,任渊注引《王直方诗话》云:"宗室大年,名令穰,喜微行而善画小景。山谷诗云:'虽有珠帘笼翡翠,不忘烟雨罩鸳鸯。'盖有所讥也。"说明赵大年跟苏门中人也颇有交往。参寥子次韵秦观诗也说是为"宗室大年观察所画江干晚晴图"而作。特别是《侯鲭录》引作"题赵大年小景",颇为可信,因为该书作者赵令畤与令穰(大年)为兄弟行,对其所画应该最为熟悉,不至舛误。果真如此,则此诗所题之画,乃赵大年而非赵伯充之小景。有的版本中,以"江干晚景"易"晓景",参寥和诗也题"晚晴"。对此,似不应深究,因为作者所见乃一幅山水画,是晓是晚,尽可见仁见智。考虑到此诗开头有"晓浦"二字,故题为"晓景"还是可通的。此所选为第四首。

赵大年为赵宋宗室,居于京师,秦观中选之后任蔡州教授,仕于京城是在元祐五年之后。考陈师道《次韵秦少游春江秋野图》诗中有"若个丹青里,犹须著此翁",盖针对此诗"烦君添小艇,画我作渔翁"而发,则二诗作时相差不远。任渊《后山诗注》系其诗于元祐六年(1091),则作者此诗也应作于是年。诗的前两句,是描绘画中之景,平远构图,烟浦春水,无甚可奇。所可注意者,是后面两句作者的感慨。为什么看到这幅春江晓景,会生出渔翁之思呢?当时,作者正值壮年,何以有些退隐之念?考以《续资治通鉴长编》可知,元祐五年五月,朝廷有太学博士之除,而谏议大夫朱光庭奏以其素号薄徒,恶行非一。元祐六年八月,少游除正字,御史中丞赵君锡、侍御史贾易又交章论其不检。可见当时党争已十分激烈,少游每为小人所中,心情自然郁闷,故而见到这幅闲适小景,顿生退隐之志。知人论世,了解这些历史背景,我们才能对这首诗中的感情有一个更加深入的体会。

俞紫芝字序

余昔游玉笥山①,周行二十四峰,访萧子云故隐②,道见灵芝焉,生乎磐石之上,回环而有华,秀泽而不根,信天下之异草也。窃爱久之,留不能去。俄有童子,朱颜绀发③,自松阴中,距石辄止,抚芝叹曰:"嘻!道人无本④,其亦如是矣!"余异而问曰:"适吾子有绪言⑤,不敏未知所谓,愿终其说。"

童子笑曰:"子求终乎?终之久矣;以为未耶,没身无终⑥。虽然,尝试为汝言其崖略。夫德人以有本为宗,道人以无本为宗⑦。天下皆知有物所以失己也,不知有己所以失己也。而德人知之,于是内观无是⑧,外观无彼。无是,故能以己为物;无彼,故能以物为己。已物不二,谓之真一⑨,夫是之谓以有本为宗。天下皆知有伪所以丧真也,不知有真所以丧真也,而道人知之，于是前际无舍，后际无取。无舍，故不断一切伪；无取，故不住一切真。真伪两忘，亦无真一，夫是之谓以无本为宗。盖非有本，则不能离相而归空；非无本，则不能即空而证实⑩。有本然后明心，无本然后见性。夫子识之，人间所谓道德者，固不出乎此矣。虽然，有本无本，吾岂能识之哉？"

语未既，有老人复杖策自松阴中来，顾谓童子曰："适何所言？"童子欲语，老人引杖击之，童子走松阴，忽然不见。还视老人，亦以亡矣。于是余茫然自失，私识其言。后九年，游京师，遇金华居士俞紫芝⑪，请余改字，因思昔日玉笥童子之言，字曰无本，复以其说为序赠焉。

① 玉笥山：据《方舆胜览》第二十一卷，在新淦县，上有群玉峰、九仙台、金牛坡、白龙岩、栖霞谷等。山中有萧子云宅，

道教胜地,称为太玄法华天,由真人梁伯鸾主之。

② 萧子云故隐:即萧子云隐居遗址。萧子云,字景乔,南朝梁南兰陵人,南齐宗室,仕梁至侍郎。性沉静,不乐仕进,风神闲旷,任性不群,曾隐于玉笥山。《梁书》、《南史》有传。

③ 绀发:黄发。绀,微红的颜色。

④ 道人:指得道之人。无本:即以无为本。宋代佛道互摄,二教皆以“无”为世界之本源,秦观信崇佛教,兼受道教影响,有虚幻空玄思想,故童子这么说。

⑤ 绪言:引言,初言,刚开始而没有完全表述清楚的言论。

⑥ 子求四句:玄辩之言。意思是:你想求“终”(追究结果)吗? 那么“终”早就终结了。如果你认为还没有“终”,那么,你忘记自身就会永远感受不到结果了。

⑦ 夫德人二句:这里是敷衍老子《道德经》中“道”、“德”二字的含义。据现出土汉墓中《老子》名《德道经》以及该书上下二经所阐之理论看,“德”尚处于一种有为的境地,而“道”则无为,所以这里以“有本”与“无本”对之进行区别。德人,《庄子·天地》:“德人者,居无思,行无虑,不藏是非美恶。四海之内共利之之谓悦,共给之之为安。怊乎若婴儿之失其母也,傥乎若行而失其道也。财用有余而不知其

所自来,饮食取足而不知其所从,此谓德人之容。"

⑧ 内观:即内视,道家所谓斥除外物干扰以自身体悟世界本源的一种方式。《列子·仲尼》:"务外游不知务内观,外游者求备于物,内观者取足于峰。取足于身,游之至也;求备于物,游之不至也。"是:此。

⑨ 己物二句:不强行划分"己"与"物"的差别,即相当于庄子所谓"齐物我"的思想。真一,真正的一,即所认知的"道"(老子所谓"道生一"的意思可参考),而不是"道"之本源属性,所以还在"有"的范畴之内。

⑩ 盖非四句:意谓不以"有本"为基础,就不可能排斥外物的干扰,齐物我,将世界的本源归于"真一"这个非物质(空)的层面;而不以"无本"为指归,就不可能最终穿透"真一"这个"道"的认识("有"),达到对"道"的本质属性"无"的认识层面。离相而归空,突破事物的表象而认识到其本质在于"空",佛经《金刚经》中有:"凡所有相,皆是虚妄。"即空而证实,因为对"空"的认识而接触到"道"的本质属性。

⑪ 俞紫芝:据《宋诗纪事》卷二九:"紫芝,字秀老,金华人。流寓扬州,少有高行,不娶。游王荆公之门。"

这是一篇字序，也是一篇优秀的哲学论文，作于元祐六年（1091）。秦观家庭本有崇佛之风，他本人又常与佛道之士结方外之交，受其影响自然不浅，从他一生的行事及情感的发展可以明显感受到这一点。自佛学东传，佛道二教于世界本源的探讨就不断展开，特别是魏晋玄风大盛，"有本"与"无本"之辨，也日渐展开。"有本"、"无本"，关系到世界是否存在一个本体的问题。道家以"道"为世界的本源；至魏晋玄学，则以"无"为世界之本源。如《晋书·王衍传》所云："何晏、王弼立论，天地万物，皆以'无'为本。"释慧远《沙门不敬王者论》则提出"反本求宗"，以涅槃为反本，实乃承认"有本"。而僧肇作《不真空论》，则将本体否定，以"无本"为宗。绵延至唐宋，儒学兴盛，道教革新，儒佛道彼此容摄，又彼此攻讦，"有"、"无"之争再炽。作者生活的时期，正是宋学大盛之日，北宋五子之学或多或少或明或暗都受佛道影响。作者虽不以道学著称，但对这些哲学问题却很有研究。这篇文章即阐幽发微，揭示"道"与"德"的微妙差异，指明由"有本"返"无本"的玄关，显示了秦观较为深厚的哲学功底。虽然文中偶及佛理，但总体上讲，持论仍以道家思想为本，对"本有"、"本无"的认识，也并未脱离道家思想的大框架。作为一位儒士，能如此阐发世界的本源，也体现了作者思想复杂的一面。

从文章的结构来看，前面的记叙，以"余"与"童子"问答为由头，颇似赋中"主客问答"的结构模式，因此，初看此文，很有一点宋代文赋的味道。而且，作为一篇字序，本应以阐幽发微，揭示"字"之本义。这篇文章却以大量的篇幅讲述自己九年前的一次游历，初看似一篇游记，似与"字说"离题千里，了无关涉，及至卒章，以寥寥数笔，道出本旨，读者方才明白，前面的大段记叙，都是改字"无本"的铺垫。这样"卒章显志"的笔法，于结尾处点明题旨，收束全文又升华主题，可谓以少总多，出奇制胜。如此布局，既突破常规，又不失规矩；既谨严缜密，又变幻摇曳，耐人咀嚼，堪称字序类文章中的佳构。不过，此种作法，终是侧锋用笔，大方之家偶一为之则可，众人邯郸学步，就难免俗态可憎了。

此外，《淮海集》中还有多篇哲学论文，如整整占了一卷篇幅的《浩气传》，从孟子的"吾善养吾浩然之气"出发，融合《庄子》、《抱朴子》、《列子》、《黄帝内经》，由儒而道，纵横捭阖，反复论证，表现出精深的哲学思辨功夫。他的《圣人继天测灵论》，谈道德、讲体用，融《老》、《庄》、《易》学于一炉，与《俞紫芝字序》颇为相近。可见秦观以崇尚儒学为主，在不少地方又融入了佛道两家学说。这在宋儒中，是很有代表性的，我们在研究秦观世界观时，必须注意到这一点。

江 城 子

西城杨柳弄春柔①，动离忧，泪难收。犹记多情曾为系归舟②。碧野朱桥当日事③，人不见，水空流。　　韶华不为少年留④，恨悠悠，几时休？飞絮落花时候一登楼⑤。便做春江都是泪⑥，流不尽，许多愁。

① 西城:指汴京顺天门外的城区。据宋孟元老《东京梦华录》
卷七:"(西城金明池)之东岸,临水近墙,皆垂杨。"

② 系归舟:谓杨柳多情,依依惜别。唐刘禹锡《杨柳枝》:"长
安陌上无穷树,唯有垂杨管别离。"

③ 碧野朱桥:指金明池上桥梁。《东京梦华录》卷七:"(水
殿)西去数百步,乃仙桥,南北约数百步,桥面三虹:朱漆栏
楯,下排雁柱,中央隆起,谓之骆驼虹,若飞虹之状。"

④ 韶华:韶光,青春年华。

⑤ 飞絮落花:五代张泌《江城子》:"飞絮落花时节近清明。"

⑥ 便做:即使。

这首词是作者即将离开汴京前写下的。绍圣元年
(1094),新党上台,排斥旧党,词人被指"影附苏轼"而
受到排挤,由国史院编修改馆阁校勘,出为杭州通判,就
任途中又被改贬到处州监酒税。临行前,秦观再游西城
这个曾给他带来愉快的地方,感慨万端,写下此词。

上片今昔对照,抒发感慨。昔日,置身碧野朱桥之
中,面对满城游乐士庶,馆中诸臣,饮着御赐花酒,观赏

西苑美景。如今，只有那曾牵系归舟的<u>丝丝垂杨</u>，依旧在春风中飘拂，池中的流水柔弱依恋，<u>潺潺流淌</u>，徒增词人别绪。往日的繁华、热闹、欢乐，与眼前的冷清、寂寞、凄凉，形成鲜明对照，抚今忆昔，悲从中来，不觉泪流。下片直抒悲苦之情：光阴荏苒，韶华难留，正值出仕之年却因风云变幻而被贬他乡，不知恶运何时结束！想到这些，心中悠悠恨意，越来越强烈，仿佛那一江的春水，全都化作词人的泪水，流淌着、冲刷着他心中难以排解的忧愁。而他的愁绪竟是那么多，以至于整个江流都无法带走！

"便做春江都是泪，流不尽，许多愁。"造语新警，颇值玩味。首先是以江水喻泪水，既言其多，同时，春江潮水潜涨，如愁绪渐渐滋生，有南唐李煜《虞美人》词"问君能有几多愁，恰似一江春水向东流"之妙。其次，对喻体"泪"再作引申，进而引出一个新的喻体"愁"，将无形之"愁"具象化，在流水与愁绪之间，以"泪"过渡，较李煜更觉显豁。再次，作者使用"便做"这样的假设句式，将意思翻进一层表达，更增强了表达的效果。句式结构上,利用《江城子》"七三三"句式,前面是长句铺叙,后面两个三字句,一字一顿,倍增哀怨之感。除此之外,全词采用融情于景的笔法,使一切景语皆作情语,情景宛转相生,也增强了艺术效果。虽然这可以说是秦词的普遍特色,但能用得如此娴熟,却是中后期的事,故于此特为拈出。

望 海 潮

　　梅英疏淡①,冰澌溶泄②,东风暗换年华。金谷俊游③,铜驼巷陌④,新晴细履平沙。长记误随车⑤。正絮翻蝶舞,芳思交加⑥。柳下桃蹊⑦,乱分春色到人家。　　西园夜饮鸣笳⑧,有华灯碍月,飞盖妨花⑨。兰苑未空⑩,行人渐老,重来是事堪嗟⑪。烟暝酒旗斜。但倚楼极目,时见栖鸦。无奈归心,暗随流水到天涯。

① 梅英:梅花。

② 冰澌：流冰。溶泄：缓缓流动的样子。

③ 金谷：园名，在今河南洛阳东北。西晋时石崇所筑。

④ 铜驼巷陌：《太平御览》卷一五八引晋陆机《洛阳记》：“洛阳有铜驼街，汉铸铜驼二枚，在宫南四会道相对。俗语曰：‘金马门外集众贤，铜驼陌上集少年。’”

⑤ 长记句：韩愈《嘲少年》诗：“只知闲信马，不觉误随车。”此指不知不觉跟随他人女眷的车子而去。

⑥ 芳思：春思。

⑦ 柳下句：桃花杨柳下的小路。唐王涯《游春词》：“经过柳陌与桃蹊。”

⑧ 西园：指汴京王诜家的花园。王诜字晋卿，尚英宗第二女魏国大长公主，为驸马都尉。

⑨ 飞盖：急驶的车辆。盖，车篷。

⑩ 兰苑：园林的美称，此指西园。

⑪ 是事：犹云事事，凡事。

宋哲宗元祐二年（1087），秦观曾因苏轼等人举荐，自蔡州入京举贤良方正科，因而有机会参加了苏轼等人在驸马都尉王诜家里举行的那次西园雅集。对于秦观而言,参与这样的盛会,结交当时文坛才俊,不仅是十分荣幸的事,而且在某种程度上还意味着迎来仕途的顺利与畅达,因此,这次雅集令他终生难忘。

但是,激烈的党争,把作者卷进了旋涡之中。到作者写这首词的宋哲宗绍圣元年(1094)暮春,情况发生了巨变。当时作者是在汴京任国史院编修,因新党重新上台,他被指为"影附苏轼",篡改《神宗实录》,入元祐党籍,出为杭州通判(中途改贬监处州酒税)。临行前,词人重游友人王诜家的西园,作此词以抒身世之感。

此词结构上的一个明显特点,是打破了一般词于过片处作词情词意上过渡的路数,而是在上片末尾即作时空转换:从"长记"开始到下片"飞盖妨花",都是回忆昔日西园雅集时的良辰美景,结尾处再折回到现实之中,呼应开头。这种"今——昔——今"的抒情方式,就叙事抒情层面而言,呈打破常规之态,但从"乱分春色到人家"的上片结尾到"暗随流水到天涯"的全词结尾看,词人又很巧妙地于上下片收煞处两用"到"字,与"东风暗换年华"相呼应,隐伏今昔对照之意,使上下片所寄词情既相离又相合,离合收纵自如。周济所谓"以两'到'字作眼,点出'换'字精神。"正是此意。如此处理,于整饬之中显变化,既通过时空交错揭示政局多变与词人的身世沉浮,又借绵密针脚,使词情更趋婉曲动人,手法实在高妙。

五、远谪岭南与客死藤州(1094—1100)

　　绍圣元年(1094)春,李清臣首倡绍述,邓伯温和之,政局将变。三月,进士考试,李清臣策问,对元祐之政提出"可则因,否则革"的主张,专取主张熙宁、元丰变法者,为改变政局作言论准备。随后,执政吕大防、范纯仁、苏辙、范祖禹等相继罢职。不久,秦观被列入元祐党籍,改馆阁校勘,出为杭州通判。离京时赋《望海潮》(梅英疏淡)、《江城子》(西城杨柳弄春柔)二词,抒发惆怅落寞之怀。这些词所透露出来的意绪虽然低沉,但对前途却并没有完全失望。四月,御史刘拯再次弹劾:"秦观浮薄小人,影附于轼,请正轼罪,褫观职任,以示天下后世。"《宋史·刘拯传》记:"绍圣初,(刘拯)复为御史,言:'元祐修先帝实录,以司马光、苏轼之门人范祖禹、黄庭坚、秦观为之,窜易增减,诬毁先烈,愿明正国典。'"于是朝廷追回任他为杭州通判的前命,贬监处州酒税。接到这样的诏命,秦观已经意识到,政敌是不会轻易放过他了。所以,他不得不做一些必要的准备。五月份行到淮水时,他毅然决然送走了侍妾朝华。张邦基《墨庄漫录》卷三记:

> 少游出倅钱塘,至淮上,因与道友论议,叹光阴之遄,归谓朝华曰:"汝不去,吾不得修真矣。"亟使人走京师,呼其父来,遣朝华随去。复作诗云:"玉人前去却重来,此度分携更不回。肠断龟山离别处,夕阳孤塔自崔嵬。"时绍圣元年五月十一日也,少游手书记此事。

从赠别的诗句来看,"修真"只不过是一个遁词而已,否则不会送别之后,犹深情款款地见诸唱叹。紧接着,到故乡高邮时,他又将夫人留下,只身前往处州。有《临江仙》"髻子偎人娇不整"词追忆夫妻分别时难舍难分情态,情真意切,凄然感人。

这时,东坡贬定州,诏落翰林、侍读二学士,以本官知和州,继改英州。六月至当涂,复被命惠州安置。四月,苏辙除端明殿学士知汝州,旋改知袁州;八月,又被筠州之命。黄庭坚以六月管勾亳州明道宫,于开封府界居住;十二月,责授涪州别驾,黔州安置。晁补之贬为应天府通判,改亳州,复贬监信州酒税。张耒出知润州,旋徙宣州。陈师道于春初罢颍州教授。

苏门中人,尽数被逐。

秦观到处州,居处维艰,虽有暴露之忧,却能泰然处之。尝于梦中作《好事近》词,又赋《点绛唇》(醉漾轻舟)词。监酒税之余,多寄身佛寺之中。兴来作诗:"市区收罢鱼豚税,来与弥陀共一龛。"没想到这样的诗句,也被监视者借题发挥,成了他不恪尽职守的罪证。政敌得此报,立即削去秦观官秩,再贬郴州。《宋史·秦观传》:"使者承风望指,候伺过失,既而无所得,则以谒告写佛书为罪,削秩徙郴州。"另据王明清《挥麈余话》卷二:"绍圣初治元祐党人,秦少游出为杭州通判,以其修史诋诬,道贬监处州酒税。在任,两浙运使胡宗哲观望罗织,劾其败坏场务,始送郴州编管。"校诸史籍,秦观这次遭贬,完全是政敌蓄意陷害的。

作为一个以仕宦为人生根本价值的文人,削秩编管(削去官职并被看管起来),等于就是彻底扑灭了其心中的生命火焰。所以,在接到这样的诏书之后,秦观把一家老小全部留下,只让儿子秦湛侍从南行。船到庐山时,秦观于梦中作《题维摩诘像赞》。惠洪《冷斋夜话》卷二记载:

> 安世高者,安息国王之嫡子也,为沙门。……秦少游南迁,宿(宫亭)庙下,登岸纵望,久之,归卧舟中,闻风声,侧枕视微波月影纵横。追绎昔常宿云老惜竹轩,见西湖月色如此,遂梦美人,自言维摩诘散花天女也。以维摩诘像来求赞,少游爱其画,默念曰:"非道子不能作此。"天女以诗戏少游曰:"不知水宿分风浦,何似秋眠惜竹轩。闻道诗词妙天下,庐山对眼可无言。"少游梦中题其像曰……

少游于南迁途中,梦美人而题维摩诘画像,虽是传说,但很可能就是《红楼梦》中贾宝玉梦游太虚(秦观字)的原型,故特予征引,以备考证。游此太虚幻境,少游已经人形容枯槁了。舟经潇湘时,他赋《阮郎归》(潇湘门外水平铺)、《临江仙》(千里潇湘揉蓝浦)二词,抒远谪愁怀。到衡州后,当时的衡阳守孔毅甫一见其人,再见其《千秋岁》词,大为惊讶:盛年之人,为愁苦之言悲怆太甚!于是赓和其韵,作诗劝解。数日之后,少游别去,孔毅甫送出郊外,又以整天时间相陪相送,用言语宽慰,但少游已是绝望之人,气色与平时迥异。所以,孔毅甫回来后对亲友们说:"秦少游气貌大不类平时,殆不久于世矣。"可以想象,这时秦观的精神已完全崩溃了。

这年岁暮,秦观终于抵达郴州。除夕时,作《阮郎归》一词,寄慨遥深,抒远谪之痛,失亲之悲,词情由哀婉变为凄厉。

然而,政治上的打击还没有结束。第二年二月,朝廷下诏将秦观编管横州。离开郴州时,他写下了著名的

《踏莎行》词,在"郴江幸自绕郴山,为谁流下潇湘去"的痴问之中,潜藏着作者内心无尽的痛苦。到横州后,秦观寄寓浮槎馆,触景生情,他似也希望能如传说中的海上仙客那样乘槎往还于天河之上。在仙界不可求时,词人只能借酒浇愁,因而深深感到"醉乡广大人间小"。就在这个时候,政敌给了他最后的也是致命的一击:《宋史纪事本末》卷一〇二《逐元祐党人条》载:九月庚戌,追官勒停横州编管秦观,特除名永不收叙,移送雷州编管,以附会司马光等同恶相济也。

"永不收叙",断了秦观的一切指望。依佛理而言,"收叙"的执着,乃勘不破的妄念,"永不收叙"也就是断了他的一切妄念,这反倒使他丢掉了那沉重得难以承受的心理负担,获得了解脱。《反初》、《病犬》二诗,虽寄身世之慨,更有出世之思,可以为证。编管雷州之后,词人的内心因巨痛反而麻木,他不再作痛苦的呻吟,而是日与粤人淡然相处,作《雷阳书事》三首,《海康书事》十首,豁达得很,闲旷得很。雷州与苏轼所在的琼州(海南岛)一海之隔,师生二人在历经磨难之后,都已看破红尘,各自写下墓志与挽词,参透生死之关,所幸于天涯海角尚能时有诗书往来,也可算是聊以自慰,别有一番情趣了。

造化弄人,就在师生二人作好客死异乡的准备时,元符三年(1100)正月九日,哲宗崩,其弟端王赵佶继位,是为徽宗。皇太后向氏权同处分军国事,大赦天下。

元祐党人又有了一线生机。

二月,秦观被诏移英州,未赴。

四月,诏移衡州。苏轼同时获准内迁。这对隔海相望的师生,迫切希望马上见面,苏轼写信告诉秦观自己的详细行程,表示:"若得及见少游,即大幸也。"六月,师生二人会于海康,少游赋《江城子》词(南来飞燕北归鸿),写重聚之慨,并出示《自作挽词》。

> 婴衅徙穷荒,茹哀与世辞。官来录我橐,吏来验我尸。藤束木皮棺,藁葬路傍陂。家乡在万里,妻子天一涯。孤魂不敢归,惝惝犹在兹。昔忝柱下史,通籍黄金闺。奇祸一朝作,飘零至于斯。弱孤未堪事,返骨定何时。修途缭山海,岂免从阇维!

茶毒复茶毒,彼苍那得知! 岁晚瘴江急,鸟兽鸣声悲。空蒙寒雨零,惨淡阴风吹。殡宫生苍藓,纸钱挂空枝。无人设薄奠,谁与饭黄缁。亦无挽歌者,空有挽歌辞。

据宋何薳《春渚纪闻》卷七记:"(东坡)先生自惠移儋耳,秦七丈少游亦自郴阳移海康,渡海相遇。二公共语,恐下石者更启后命,少游因出《自作挽词》呈公,公抚其背曰:'某常忧少游未尽此理,今复何言? 某亦尝自为志墓文,封付从者,不使过子知也。'遂相与啸咏而别。"这真是一次异乎寻常的悲喜交集的会面,喜的是迁谪贬死之人得以生逢,忧的是二人都是戴罪之身、被编管之人,二人见面是在被监视的情况下进行的,因此无法畅叙情怀。

谁会想到,海康一见,竟成这对师生的最后诀别!

不久,少游被命放还,不再受到监视。他赋《和陶渊明归去来辞》,写北归之喜悦。又有《精思》一诗,借助古代神话,抒发被放后的畅想。

七月,少游自海康启行,过容州,一个多月后至藤州。当时正值暑热,少游身中暑毒,醉卧光华亭下,醒后向家人要水喝,家人以一盂注水进,笑视而卒。

时八月十二日。

> 及死,轼闻之,叹曰:"少游不幸死道路。哀哉!世岂复有斯人乎?"(《宋史·秦观传》)

第二年七月二十八日,东坡卒于常州,享年六十六岁。

在被贬的七年时间里,秦观留下的作品数量并不是很多。这一方面是因为诗人身处放逐之中,有使者承风望指,严加监督,创作失去了自由;另一方面是住地不断改变,即使有所创作也容易散失。尽管如此,这一阶段的作品,无论在抒情的深度上还是艺术技巧上,都远远超过了以前。吕本中《童蒙诗训》中说:"少游过岭后诗,严重高古,自成一家,与旧作不同。"这里所指的是《淮海集》中那些抒发迁谪之恨的作品。除此之外,在被贬岭南之后,随着对那里生活的日渐习惯,秦观也渐渐爱上了那一片土地:"鱼稻有如淮右,溪山宛类江南。

自是迁臣多病，非干此地烟岚。"《雷阳书事三首》、《海康书事十首》，在严重高古的诗句中，不仅反映了逐客孤寂心情，更以深沉的感情描绘出一幅幅岭南人民的风俗画：或祭神鬼，鸡骨占卜以问病；或以鼓笛送葬，宰杀猪羊以驱疫；或在村墟赶集，售鱼买布……用形象的艺术手法，再现了岭南地区的风物民俗与人情。诗风高古，格调自然，是宋代诗歌中反映岭南生活的珍品。至于他的词作，更是篇篇精彩，蔡州、京师时期那些艳冶之思的作品没有了，身世之感、迁谪之慨、异乡之悲、孤苦之叹，成为这一时期主要的感情基调，而且词艺更显精纯：婉而不媚，哀而不伤，体制淡雅，气骨不衰，情感波动而意脉不断。清冯煦《宋六十一家词选序例》评云："少游以绝尘之才，早与胜流，不可一世；而一谪南荒，遽丧灵宝，故所为词，寄慨身世，闲雅有情思，酒边花下，一往而深，而怨悱不乱，悄乎得《小雅》之遗。后主而后，一人而已！"可谓得其词心。如果说秦观早年以及蔡州、京师时期的作品在北宋众多词家词作中已为妙品，达到一流水平的话，那么，他过岭之后的作品则已超越了一般婉约词家的范围,堪称神品了。后人以之为婉约词宗,很大程度上不是就其前期、中期词立论,而是就他后期词风而言的。诗穷而后工,词亦如此,秦观一生的幸与不幸,让人长叹不已!

临 江 仙

髻子偎人娇不整①,眼儿失睡微重。寻思模样早心忪②。断肠携手,何事太匆匆。   不忍残红犹在臂,翻疑梦里相逢③。遥怜南埭上孤篷④。夕阳流水,红满泪痕中。

① 髻子:女子的发髻。李清照《浣溪沙》词:"髻子伤春懒更梳,晚风庭院落梅初。"

② 心忪:即心惊。别本作"惺忪",非。《玉篇》:"忪,心动不定,惊也,遑遽也。"

③ 不忍二句:晏幾道《鹧鸪天》词:"今宵剩把银钍照,犹恐相逢是梦中。"

④ 南埄：地名，即召伯埄，今为邵伯镇，在扬州北，距高邮六十
六里。因在高邮之南，故称南埄。孤篷：小船。

这是一首抒别离苦情之作。绍圣元年甲戌（1094），
少游因党祸被排挤，出为杭州通判，途经邗沟，是时盖与
家人告别，事后忆及彼时情景，感而赋此。

开头两句，写别离当晚的情景。宦途祸起，前途渺
茫，夫妻一别，不知何年能再相聚，柔肠寸断的痛苦，可
想而知。临别赠言以及不忍分手的情形非止一端，但经
时间过滤之后，最让词人难以忘怀的，是妻子那偎人的
温柔，是因分手痛苦未能睡足而显得微重的双眼。虽然
疲惫失睡，却依然依偎在丈夫的怀中，希望抓住这最后
一刻的宝贵时光，给丈夫多一分柔情，多一点温存。妻
子的缠绵、娇媚、依恋不舍，尽在无言的举动中。追忆之
中，特别突出夫妻间的温存，更传达出丈夫对妻子的怜
爱与思念。这两句紧抓住夫妻分别前的特定动作来写，
虽入闺房，却不给人艳冶之感，反觉情真意切，十分感
人。第三句是别后相思模样。当年分离时的千娇百媚，

在丈夫的心中留下了刻骨铭心的印象，所以每每念及都感"心忪"。四、五句是说，分手不忍，终得离去，肠断难忍，终将离别，虽有匆匆之感，却无挽回之力。多年之后，仍不免见于怨叹。

下片写词人自己此时的痛苦心情。"不忍"句，是当时娇妻"偎人"在词人心头留下的深刻印象，残妆看似印于臂上，实印在了词人的心里，所以别后相思难忘，追忆之时，竟致产生错觉，仿佛一切都发生在昨天，发生在刚醒前的梦中。"翻疑梦里相逢"一句，不写别后频梦佳人，而是以别离时的一幕感人景象代之，当日不忍别离与别后梦中相思，相互绾合映衬，言简意丰，抒情宛曲。"遥怜"一句，叙当日南埭登舟别离时景，"怜"字之中，透露出词人心旌动荡、情不能已的心态。最后两句写景，十分凄艳：夕阳西下，黄昏斜照之中，流水脉脉，伤心人对伤心景，竟致泪水盈盈！这两句糅合今昔，既可理解成离人相忆时所面对的残败图画，又可理解成离人所忆及当日别离之时的伤心景象。或者还可以理解为相忆时景与别离时景的叠加。不管作何种理解，总之都是悲情外化,很好地承载、传达了词人内心的悲伤与痛苦。

千 秋 岁

　　水边沙外,城郭春寒退。花影乱,莺声碎①。飘零疏酒盏,离别宽衣带②,人不见,碧云暮合空相对③。　　忆昔西池会,鹓鹭同飞盖④。携手处,今谁在? 日边清梦断⑤,镜里朱颜改⑥。春去也,飞红万点愁如海。

① 花影二句:化用唐杜荀鹤《春宫怨》诗:"风暖鸟声碎,日高花影重。"

② 离别句:用《古诗十九首》其一"相去日已远,衣带日以缓"诗意。

③ 人不见二句:用梁江淹《杂体诗三十首·休上人怨别》"日暮碧云合,佳人殊未来"诗意。

④ 忆昔二句:指作者参与的西苑盛会。秦观《西城宴集》诗题

下注："元祐七年三月上巳,诏赐馆阁花酒。以中浣日游金明池、琼林苑,又会于国夫人园。会者二十有六人。"此二句即指那次盛会。鹓鹭,比喻朝官行列整齐有序,如鹓鹭之飞行成行。飞盖,代指急驶的车辆。

⑤ 日边:指京城。《世说新语·夙惠》:"晋明帝数岁,坐元帝膝上。有人从长安来……因问明帝:'汝意长安何如日远?'答曰:'日远,不闻人从日边来,居然可知。'元帝异之。明日集群臣宴会,告以此意,更重问之,乃答曰:'日近。'元帝失色曰:'尔何故异昨日之言邪?'答曰:'举目见日,不见长安。'"后遂以日边指帝都所在。

⑥ 朱颜:青春容颜。李白《对酒》诗:"昨日朱颜子,今朝白发催。"南唐李煜《虞美人》:"雕阑玉砌应犹在,只是朱颜改。"

　　这是一首抒发迁谪之悲的词作。其创作时间有三说:一说作于虔州,但考秦观一生未到此地,此说不能成立。一说作于衡阳,如宋吴曾《能改斋漫录》卷一七云:"秦少游所作《千秋岁》词,予尝见诸公唱和亲笔,乃知在衡阳时作也。"宋曾敏行《独醒杂志》卷五亦如此说。一说作于处州,宋范成大《次韵徐子礼提举莺花亭诗序》云："秦少游'水边沙外'之词，盖在括苍监征时所作。"（处州近括苍山，亦名括州。）宋人黄昇《花庵词选》、明人杨慎《词品》卷三，承其说。从词情来看，以绍圣二年（1095）作于处州较为合理。词中描绘处州风物，斑斑可考。及至南迁衡阳，复以此词赠孔毅甫，至有作于衡州之误。宋曾季貍《艇斋诗话》云："少游'水边沙外，城郭春寒退'词，为张芸叟作。有简与芸叟云：'古者以代劳歌，此真所谓劳歌。'"《公羊传》宣公十五年注："饥者歌其食，劳者歌其事。"而《晋书·礼志》则谓"新礼以为挽歌出于汉武帝役人之劳歌，声哀切，遂以为送终之礼"，故少游此词，哀怨之极，读之令人回肠荡气。词中所怀之人，乃泛指元祐七年西城宴集时的馆阁同人，而非仅指张舜民一人。

词的上片主要写眼前所见之景，起笔绘景清丽：碧水、黄沙、郭外之绿原、繁花，更有莺声相乱，绘声绘色，颇具色彩感与层次感。但景乐情悲，从"飘零"之感始，中绘削瘦之形容，继以独对暮云的孤苦，愈转愈深，愈写愈悲。下片开始又写昔日宴集之乐，继而以今日帝都梦断,贬谪蛮荒相续。通过这样"乐——悲——乐——悲"的处理,使词情一波三折,写尽愁苦之情而不露一愁字,尤其显得缠绵哀婉。最后以"飞红万点愁如海"收束,画龙点睛,特别醒人耳目。近人夏闰庵(孙桐)云:"此词以'愁如海'一语生色,全体皆振,乃所谓警句也。"(见俞陛云《唐五代两宋词选释》引)相传孔毅甫在衡阳看到这首词后,感叹道:"少游气貌,大不类平时,殆不久于世矣!"曾布更直接说:"秦七必不久于世,岂有'愁如海'而可存乎?"表面上看,这些人都似乎是用所谓"诗谶"在预测作者的生死,实际上应该是这些人通过这首词,深深地体味到了作者内心无法排遣、无法申诉的怨屈和痛苦,所以预料他无法承受如此巨大的精神打击,难免会神消魂逝。

此词除词情感人外,在词史上还有更重要的意义,那就是拓展了词的题材范围,将迁谪生活引入词中。北宋中后期,党争激烈,特别是宋哲宗绍圣以后,元祐旧党横遭打击,除执政大臣吕大防、范纯仁、侍从之臣苏轼、范祖禹外,连一般臣僚也难幸免。秦观仅当了一两年的国史院编修,也被诬以篡改《神宗实录》,"影附苏轼",贬监处州酒税,接着削秩徙郴州,编管横州、雷州。在元祐党人碑上,他被列为"余官之首"(司马光为执政大臣之首,苏轼为侍从之臣之首)。词人在政治上受到如此沉重的打击,便以词这一最得心应手的文学样式表达出来。一石激起千层浪。此词一出,在当时引起了巨大的反响,激起旧党迁客们的广泛共鸣,一时和者有孔毅甫、苏轼、黄庭坚、李之仪等,后来又有丘崇、王之道、释惠洪,前后达七人之多。在有宋一代词坛上,和词最多的,一是贺铸的《青玉案》(凌波不过横塘路),再有就是此词,而且后者似又超过前者。其在宋代词史上的特殊地位,不容忽视。

好　事　近

梦　中　作

春路雨添花,花动一山春色。行到小溪深处,有黄鹂千百。　　飞云当面化龙蛇,天矫转空碧①。醉卧古藤阴下，了不知南北。

① 天矫：屈伸自如的样子。汉张衡《思玄赋》："偃蹇天矫，娩
以连卷兮。"空碧：即碧空，因叶韵而倒装。

据《冷斋夜话》，此词作于处州。秦少游于绍圣元
年(1094)贬监处州酒税，绍圣三年岁暮徙郴州，则此词
应该是作于绍圣二年春天。词人自被贬之后，心情一直
很压抑，唯有于梦中才能获得片刻的自由与解脱。此词
写梦境，可以一"奇"字概之：奇丽色彩、奇峭声情、奇特
境界。尤其是起首二句，以十一字写出春路、春雨、春
花、春山、春色，环环相扣，宛转相生，很能见出作者娴熟
的词艺。下半阕于写梦中之境的同时，暗含作者对人生
世态的感悟：云如龙蛇飞舞，转瞬即见碧空；古藤阴下醉
卧，悠然莫辨南北。世态的多变与作者的超然物外，宛然
目前。明人沈际飞评此为"白眼看世态"，可谓得其词心。
由于此词有"醉卧藤阴"之语，后人遂加以附会演绎，以为
是作者死于藤州之谶，及至迁葬无锡惠山，又有传说谓有

巨藤覆盖其墓。此词之魅力，于此亦可见一斑。

少游此词，也在当时词坛引起很大反响。苏轼有题跋云："茶花奉官莫君沔官湖南，喜从迁客游……诵少游事甚详，为予道此词至流泪。"黄庭坚读此词后也悲感交集，作诗云："少游醉卧古藤下，谁与愁眉唱一杯。解道江南断肠句，只今唯有贺方回。"直到明清两代，还有不少诗人读后发表感慨，如郎瑛《七修类稿》卷一三曾记载道："余尝亲见其墨迹，后有近代刘菊庄题云：'名并苏黄学更优，一词遗墨至今留。无人唤起藤州梦，淮水淮山总是愁。'"可见千载而下，此词还具有很强的艺术生命，打动过许多读者。

值得注意的是，此词还标识着少游词风的变化。前人称东坡多豪放，少游多婉约，被贬之后，少游之词则由凄婉变为凄厉。可是这首词，既不凄婉，也不凄厉。清人陆云龙《词菁》卷二评此词曰"奇峭"，陈廷焯《词则·别调集》则称之"笔势飞舞"。所谓"奇峭"者，当是指景象奇伟，格调俊峭，非一般绮丽凄婉之作可比。所谓"笔势飞舞"者，是说词笔矫健，落纸如龙蛇飞动，奔逸超迈。这就不是少游原来婉约风格所能范围的了。特别是词之结尾,表现了词人消极出世的思想,与前期作品风格大相径庭,这是元祐党祸在词人心灵上的一种反映,表面上似置一切于度外,酣然遁入梦乡,实际上含有极为深永的悲哀。因此,我们读此词时,要透过美丽的辞句,体会其内在的意蕴。

临　江　仙

千里潇湘挼蓝浦①,兰桡昔日曾经②。月高风定露华清。微波澄不动,冷浸一天星③。　　独倚危樯情悄悄,遥闻妃瑟泠泠④。新声含尽古今情。曲终人不见,江上数峰青⑤。

① 挼蓝:即揉蓝。古代取蓝草汁为青色染料,故称"挼蓝"或"揉蓝"。《说文》:"蓝,染青草也。"

② 兰桡:以兰木制成的桨,此代指船。梁简文帝《采莲曲》:"桂楫兰桡浮碧水,江花玉面两相似。"

③ 冷浸句:欧阳修《西江月》:"月映长江秋水,分明冷浸星河。"

④ 妃瑟:《楚辞·远游》:"使湘灵鼓瑟兮,令海若舞冯夷。"妃,指舜妃,溺于湘水,为湘夫人。

⑤ 曲终二句:用唐钱起《省试湘灵鼓瑟》诗中成句。

这是一首写景抒情之作。潇湘夜景,乃奇绝所在。据秦观行实,他在绍圣三年丙子(1096)自处州南徙郴州,曾途经潇湘,此词当作于南徙途中。

词的开头两句,交代夜宿潇湘的经历。起笔描绘潇湘之景,极有气势。"千里"二字,见浩渺之状。"兰桡"句是说自己曾经到过这里,此次是再次经过潇湘。接下来三句,具体展现潇湘夜景之美。这显然是一个秋天的夜晚,秋高气爽,天地澄澈。月高风定,千里水面平静如镜,夜露之下,波澜不惊,潇湘水中,倒映出满天的星斗。天星水星,天月水月,扁舟一叶荡漾其间,宛如置身于仙界银河之中。"微波澄不动,冷浸一天星"二句,写景如画,造语新颖别致,意境优美清新,历来广为传颂。

下片写词人对此美景时的感受。"独倚"已见孤寂之感，"情悄悄"更是漠然无绪的体现。由于环境的凄清，兴起词人的愁怀，进而产生幽思："遥闻妃瑟泠泠。"静极而心动，所以有如此幻觉。忘情于美丽神话传说之中的词人，兴起千古幽思之时未能有古今之别，似乎古今幽思哀怨，都包含于泠泠琴声之中。末尾两句，用唐诗人钱起《省试湘灵鼓瑟诗》"曲终人不见，江上数峰青"成句，依稀又见作者夜乘一叶扁舟，面对漠漠潇湘，两岸青山，静谧无语，其中蕴有无穷的落寞、无绪、无奈与无聊。虽是径用前人成句，却妙如己出，不仅所绘之景与钱起诗意相合，而且心境、词情都十分吻合，浑然天成，故多获后人好评。

关于此词本事，宋人已有近乎神怪的记载。宋吴炯《五总志》云："潭守宴客合江亭，时张才叔在座，令官妓悉歌《临江仙》。有一妓独唱两句云：'微波浑不动，冷浸一天星。'才叔称叹，索其全篇。妓以实语告之：'贱妾夜居商人船中，邻舟一男子，遇月色明朗，即倚樯而歌，声极凄怨。但以苦乏性灵，不能尽记。愿助以一二同列,共往记之。'太守许焉。至夕,乃与同列饮酒以待。果一男子,三叹而歌。有赵琼者,倾耳堕泪曰:'此秦七声度也。'赵善讴,少游南迁,经从一见而悦之。商人乃遣人问讯,即少游灵舟也。……崇宁乙酉,张才叔过荆州,以语先子,乃相与叹息曰:'少游了了,必不致沉滞恋此坏身,似有物为之。然词语超妙,非少游不能作。'"这完全是小说家言,然揭去蒙在这首词上的神怪面纱,亦可看出迷离惝恍意境之美丽动人,带有很浓的浪漫色彩。而"词语超妙"一语,正道出了此词特色所在,抚卷思之,不能不令人神思杳渺。

题郴阳道中一古寺壁二绝(选一)

门掩荒寒僧未归,萧萧庭菊两三枝。行人到此无肠断[1],问尔黄花知不知?

[1] 肠断:形容极度痛苦。并切合时令,双关螃蟹。《抱朴子·登陟》:"称无肠公子者,蟹也。"

此诗作于绍圣三年（1096）秋，时作者已被削秩徙郴州（今湖南郴州）。宋时郴州一带开发尚少，号为蛮荒之地。迁谪之人至此，几无再起的机会。作者陷身党争之中，无端受祸，远谪于此，心情自然十分痛苦。所以走过郴阳道中时，见荒寒古寺，僧去门掩，只有三两野菊寂然开放，落寞残败之景，遂勾起无限感伤之情。"行人"二字，含义颇深：初看似是说自己乃经行古寺之人，实则暗指自己乃被远谪之士。"无肠断"，将一般"断肠"之痛苦翻进一层加以表现，所谓出离痛苦，痛苦到麻木的程度，可见其心中痛苦之不堪。另外，"无肠公子"乃蟹之别称，我国古人素有持螯赏菊的风习，而且，作者的故乡又是鱼蟹肥美的水乡，所以，这句诗既带有"行人"自嘲之意，同时也有对故乡家人无限思念之情（其第二首绝句中即有"北客念家浑不睡，荒山一夜雨吹风"之句）。语约意丰，耐人寻味。最后一句以问菊作结，于痴语之中，暗含一段无奈心肠，于不觉之中，强化"肠断"之痛。短短四句，由景而情，由浅入深，由表入里，将置身蛮荒之地的"行人"内心痛苦，写得淋漓尽致。以坦荡之笔,写深挚之情,看似行云流水,毫无奇处,实则愈转愈深,洗净铅华,笔法可谓老练。

此题第二首,也备极荒寒之致,如云:"哀歌巫女隔祠丛,饥鼠相追坏壁中。"说明诗人被遣途中,宿于深山古庙,耳听巫女哀歌,目睹饥鼠追逐,彻夜难眠。与此同时,他还作有《如梦令》云:"遥夜沉沉如水,风紧驿亭深闭。梦破鼠窥灯,霜送晓寒侵被。无寐,无寐,门外马嘶人起。"此词与诗相比,都写到饥鼠,大概可推知作于同一时间,同一地点。前人都说此词"皆纪别之作",不外艳情,那是不了解此词的背景,完全出于臆断。因此,我们研究秦观,似应将其诗词以及文章结合起来,作全面的考察,否则必将产生误解。

木 兰 花

秋容老尽芙蓉院①,草上霜花匀似剪。西楼促坐酒杯深②,风压绣帘香不卷。 玉纤慵整银筝雁③,红袖时笼金鸭暖④。岁华一任委西风,独有春红留醉脸⑤。

① 芙蓉:此指木芙蓉,秋季开花,湖南一带多栽培。唐谭用之
   《晚宿湘江遇雨》诗:"秋风万里芙蓉国。"
② 促坐:迫近而坐。《史记·淳于髡传》:"日暮酒阑,合尊促
   坐。"酒杯深:指饮酒很多。
③ 玉纤:女子手指的美称,拟其细腻白皙。银筝雁:古筝上
   的弦柱,因其斜列如雁阵,并以银为饰,故称。
④ 金鸭:指金鸭形的取暖手炉,因体积较小,可笼在袖中。洪
   刍《香谱》:"香兽,涂金为狻猊、麒麟、凫鸭之状,空中以燃
   香,使烟自口出,以为玩好。"
⑤ 春红:此指因酒醉而绯红的双颊。春,唐宋时常指酒,如剑南
   春。杜甫《拨闷》诗:"闻道云安曲米春,才倾一盏即醺人。"

　　《宋稗类钞》卷一七记:"长沙义妓者,不知其姓氏,
善讴,尤喜秦少游乐府,得一篇,辄手笔口哦不置。久
之,少游坐钩党南迁,道经长沙,访潭土风俗、妓籍中可
与言者。或举妓,遂往访。……媪出设位,坐少游于堂。

妓冠帔立堂下,北面拜。少游起且避,媪掖之坐以受拜。已,乃张筵饮,虚左席,示不敢抗。母子左右侍。觞酒一行,率歌少游词一阕以侑之。饮卒甚欢,比夜乃罢。"此词所写时间、景物、情境,都与此事颇为相符。秦观受党祸南迁,是在绍圣三年(1096),因此可以初步判断此词乃绍圣三年被贬南迁到长沙时的酬妓之作。

词的上阕,重描绘时序、场景。时当秋深,芙蓉院里,秋容已老,一派衰败之象。庭中小草也已枯黄,上面凝聚着颗颗霜花。接下来两句,交代场景。仕途蹭蹬、宦海沉浮的词人,在被贬到蛮荒之地时,竟受到热爱其词的义妓母女的尊重,引他上西楼,盛情款待,迫近而座,清歌侑酒,使词人内心获得了片刻的安慰。下阕由景及人,着笔描写为他弹筝唱词的义妓。词中重点描绘了义妓弹唱时的动作神态,"玉纤"、"银筝"、"红袖"、"金鸭",一副装束,显得华贵而高雅,刻画出义妓的娇美可爱,下笔用词,极富色彩感,与庭外凄艳之景正相映衬,艳丽欢乐之中,透着凄凉与悲伤气氛。末尾两句,画龙点睛,描绘她脸部的神采,寓美人迟暮之感,见词人怜惜之意,更藏天涯沦落之悲。

整首词直叙词人眼中所见,感情平稳深敛,心绪的起伏被潜置于词中所描绘的景象人物背后。本是艳冶之情,却被"冷"处理,可见少游诗风、词风在遭贬之后,确实出现了巨大变化。读这首词时,很容易让人联想到唐朝诗人白居易被贬浔阳巧遇琵琶女而作《琵琶行》一事,从而产生"同是天涯沦落人,相逢何必曾相识"的感慨,只不过秦观将这种感情融入景物描写与渲染之中,把白居易那直白显豁的情感抒发,化作一种含而不露的情绪,萦绕词中却不说透,使人有所悟又有所迷。如此两相比较,可以领会到诗与词在抒发感情方面的差别:诗往往直抒胸臆,而词则婉曲幽深。词境狭而深的特点,在秦观的这首词中,得到了很好的证明。

阮 郎 归

潇湘门外水平铺^①,月寒征棹孤。红妆饮罢少踟蹰,有人偷向隅^②。　　挥玉箸^③,洒真珠,梨花春雨余④。人人尽道断肠初,那堪肠已无!

① 潇湘门: 指长沙的一座城门。

② 向隅: 面向屋角,指心有所忧或闷闷不乐。刘向《说苑·贵德》:"今有满堂饮酒者,有一人独索然向隅而泣,则一堂之人皆不乐矣。"

③ 玉箸: 喻女子眼泪。刘孝威《独不见》:"谁怜双玉箸,流面复流襟。"

④ 梨花句: 喻指女子泪水。白居易《长恨歌》:"玉容寂寞泪阑干,梨花一枝春带雨。"

这是一首伤心的离别曲。绍圣三年(1096)作者从处州被贬到郴州,途经潇湘,与长沙义妓相遇,有沦落天涯之感。从意境和词情来看,这首《阮郎归》应该是与义妓分离时所作。

潇湘门外的湘江,水面平铺,月光倾泻而下,水面泛出波光,把"征棹"(实际上指迁客)烘托得格外孤单。

离别之人,对凄凉之景,自会更添悲愁情绪。词用开头两句写景,营造出一种凄清孤寂的气氛,寓悲凉心境,是从离人的角度落笔。接下来转换角度,表现送别女子的痛苦。"红妆"一句,正是《木兰花》词中"岁华一任委西风"的再现。既然人生注定离多聚少,能与知己相遇一回,就应该让精神彻底放松一回,让真我显露一次。美酒酬知己,乃人生快意之事,所以,不觉之中已是"酒杯深"了,开怀畅饮以尽片刻之欢。但是,既饮之后,别离的阴影又时时笼罩在他们心头,想到即将分别,不免心生踟蹰,继而向隅掩泣。过片"玉箸"、"真珠"造语典雅,极见真情。从词情发展的角度看,这两句承上片的"偷向隅"而来,利用词上下片之间音乐的过渡,将人物情感大大地往前推进一步,向隅饮泣尚有压抑感情之迹,而"挥"、"洒"玉箸、真珠,则是全然不可抑制的任情奔泻。"梨花"一句,状美人挥泪之态,将上下阕连成一片,绾合"红妆"以下几句唱词,勾勒出温柔多情的女子形象。《续编草堂诗余》这么评说:"'玉箸'、'真珠',觉叠;得'梨花雨余'句,叠正妙。"识其回护之妙,可谓探得词心。

　　结尾二句，一笔宕开，以"人人"句言人之常情，却又用"那堪"句收束，一放一收，将痛苦不堪之状翻进一层表现。无怪乎明人杨慎看到这里，随手就批道："此等情绪，煞甚伤心。秦七太深刻矣！"通过这样的描写，将两人"肠已无"的别离痛楚，置于常人所谓"断肠初"的痛苦之上，获得感人的艺术效果，其成为千古名句，也是理所当然的事了。联系上面一首《题郴阳道中一古寺壁二绝》中"行人到此无肠断"一句来分析，可以对"肠已无"有更加深刻的理解。

满　庭　芳

　　碧水惊秋①，黄云凝暮，败叶零乱空阶。洞房人静②，斜月照徘徊。又是重阳近也③，几处处、砧杵声催④。西窗下，风摇翠竹，疑是故人来⑤。　　伤怀。增怅望，新欢易失，往事难猜⑥。问篱边黄菊，知为谁开⑦？谩道愁须殢

酒^⑧，酒未醒、愁已先回。凭阑久，金波渐转^⑨，
白露点苍苔。

① 惊秋：惊悉秋天已到。杜牧《早秋客舍》诗："风吹一片叶，
万物已惊秋。"

② 洞房：深邃的内室。

③ 重阳：农历九月九日，又称重九。

④ 砧杵：捣衣石与捣衣棒。

⑤ 西窗下三句：语本唐李益《竹窗闻风寄苗发司空曙》诗：
"微风惊暮坐，临牖思悠哉。开门复动竹，疑是故人来。"

⑥ 难猜：难以想象。

⑦ 问篱边二句：谓思念故园。晋陶渊明《饮酒》诗之五："采
菊东篱下，悠然见南山。"

⑧ 谩道：犹休说。愁须殢酒：即以酒消愁之意。殢酒，病酒，
为酒所困。

⑨ 金波：状月光浮动之貌。

　　伤心人遇伤心事对伤心景，少游被贬谪之后的词，
往往如此。依词意，此词似作于绍圣三年（1096）重阳

节前,时作者在郴州贬所。唐宋时特重重阳节,旧俗重阳登高,佩茱萸囊,可以避邪,也会引发思乡之情。王维《九月九日忆山东兄弟》诗:"独在异乡为异客,每逢佳节倍思亲。"词人被党争之祸,远谪蛮荒之地,逢重阳佳节倍增思亲之情,心情本来就很沉重,何况面对的又是一派萧瑟之景!天上黄云暗淡,暮色沉沉;空阶西风阵阵,落叶纷纷;入耳砧杵断续,令人心惊。枯寂凄凉气氛,竟让碧水都有寒凉之意,其内心意绪可知。水本无知,词人借水传情,突出内心之凉意。"西窗下"三句,无中生有,既进一步渲染孤寂独处之环境,又突现出其遥思亲友致使精神恍惚之凄苦况味。以动衬静,以有声写无声,另有一番妙处。过片点明"伤怀"、"怅望"之情,往事不堪回首,抚今忆昔,将时空拓展开去。以问篱边黄菊展衍词情,并呼应上片"风摇翠竹"的痴态:风吹竹林,疑故人到来在先,举目窗外,不见故人,却见黄菊,痴情相问在后,则斯人之孤苦无友,愁怀难释之状,如在目前矣。词至此,似凄苦已甚,难以为继了。作者却因难见巧,以"谩道"宕开一笔,峰回路转,先写借酒浇愁,紧接着给予否定,顿挫往复,缠绵哀婉,将词情推至凄苦已极的境地。结尾再一转,不下情语而着景语,以月下久伫,白露苍苔收束,呼应开头,以景带情,如一声长叹,凄苦不堪的悲情,悠悠不尽,久久萦绕在读者的心头。清人陈廷焯《白雨斋词话》卷一云:"少游《满庭芳》诸阕,大半被放后作。恋恋故国,不胜热中。其用心不逮东坡之忠厚,而寄情之远,措语之工,则各有千古。"虽然词情哀婉过甚,与温柔敦厚的儒家诗学思想偏离,但"寄情之远,措语之工"这一点,却绝对是少游此词独胜之处,陈氏之评,确为不易之论。

阮　郎　归

　　湘天风雨破寒初①,深沉庭院虚。丽谯吹罢小单于②,迢迢清夜徂③。　　乡梦断,旅魂孤,峥嵘岁又除④。衡阳犹有雁传书⑤,郴阳和雁无⑥。

① 破寒初：即初破寒，意思是即将冲破冬寒，进入春天。

② 丽谯：高楼。语本《庄子·徐无鬼》："君亦必无盛鹤列于丽谯之间。"郭象注："丽谯，高楼也。"此指城门楼。小单于：曲名。宋郭茂倩《乐府诗集》卷二四："按唐大角曲有《大单于》、《小单于》等曲，今其声犹有存者。"此指军中画角声。

③ 迢迢句：意思是静静的长夜正在消逝。徂，往。杜甫《倦夜》诗："万事干戈里，空悲清夜徂。"

④ 峥嵘句：意思是在不平凡、不平坦的岁月中又过了一年。梁鲍照《舞鹤赋》："岁峥嵘而愁莫（暮）。"

⑤ 衡阳句：宋陆佃《埤雅·释鸟》："鸿雁南翔，不过衡山。盖南地极燠，雁望衡山而止，恶热故也。"鸿雁传书的故事，见《汉书·苏武传》："昭帝即位数年，匈奴与汉和亲，汉求（苏）武等。匈奴诡言武死。后汉使复至匈奴，常惠请其守者与俱，得夜见汉使，具自陈道，教使者谓单于言：'天子射上林中，得雁，足有系帛书，言武等在某泽中。'使者大喜，如惠语以让单于。单于视左右而惊，谢汉使曰：'武等实在。'"

⑥ 郴阳：即指郴州，在衡阳以南。

　　这首词作于绍圣三年(1096)除夕的郴州旅舍。词
人身罹党祸,丢官削秩,愈贬愈远,内心自然痛苦万分。
除夕之夜,家家团圆,而他却远离故乡,独处孤馆,强烈
的悲喜对比,直接刺激着他敏感的神经,所以词情显得
特别凄凉。上片如电影镜头的组接一般:风雨潇潇,寒
意料峭,是背景;凄凉的城头画角之声,是画外音;茫茫
夜色,深深庭院,城头的高楼,是画中之景。虽然画面中
没有出现人物,单凭这一份环境渲染,就足以烘托出主
人公的孤独与痛苦了。下片正面抒情,过片三句吐明内
心情感。"乡梦"与"旅魂"看似对举,实有层深之意:
乡梦只是对家乡亲人的思念,而"旅魂",在这里不仅仅
是造成"乡梦"的原因,更有官场失意、仕途蹭蹬的内
涵。第三句看似作时间交代,实则紧扣"旅魂"而来,隐
含着宦海茫茫的幻灭感。因此,这三句看似信笔拈来,
全不费神,实则一意紧扣一意,愈转愈深,将词情由痛苦
推进到幻灭。在这种情况下,以最后两句阐明"梦断"、
"魂孤"的原因。衡阳虽远,犹有雁到,可以传递书信,
而郴州更在衡阳以南,连大雁都飞不到,无法得知家乡

亲人的消息。这两句表面上虽然波澜不惊,却彻底超越了一般就事论事的陈述语气,成了饱含词人酸楚血泪的叹息与悲情难抑的感慨。全词虽然没有一笔正面描写词人的形象,而词人的形象却十分鲜明地印在了读者的脑海之中。

如 梦 令

　　楼外残阳红满,春入柳条将半。桃李不禁风,回首落英无限。肠断[①],肠断,人共楚天俱远[②]。

① 肠断:形容心情悲痛至极。《世说新语·黜免》:"桓公入蜀,至三峡中,部伍中有得猿子者,其母缘岸哀号,行百余里,不去,遂跳上船,至便即绝,破视其腹中,肠皆寸断。"
② 楚天:泛指南方的天空。

　　此词是行人忆内之作。从"人共楚天俱远"一句,

似可断此词乃绍圣四年（1097）春贬郴州时所作。"残
阳红满"一句，状登楼所见，绘其色而不描其形，如同
印象派画一般，给人强烈的视觉效果，促使读者从一
片火红的残照之中，体会那凄艳背后的悲伤和寂寞。
接下一句"春入柳条将半"，是楼外之景。试想，夕阳
之中，柳丝淡淡，这是一种什么样的风景，是何种意
象？在这样的画面中，再点以桃李于风过之后落英片
片，就更添凄凉和悲伤之感。画面是明丽的，也是凄
艳的：春天刚到，春寒料峭，娇嫩的花朵刚一开放，即
变成了满地的落英。这对一个敏感的诗人，对于一个
有着满腹离愁的行人而言，会产生怎样的思绪！山长
水阔，两地暌隔，相聚无由，后会无期。远方的闺中
人，是否也会如眼前的桃李，在凄风苦雨之中陨落消
瘦？"肠断，肠断，人共楚天俱远"，景情相生，使读者
感受到为情所困的特定愁怀。那满腹的相思，无从
说，也无法说，只是在春光之中，不断地膨胀，不断地
变浓，消融于空阔的楚天之中，幻化成满地的落英，萦
绕于行人的胸怀……

点 绛 唇

　　醉漾轻舟,信流引到花深处^①。尘缘相误^②,无计花间住^③。　　烟水茫茫,千里斜阳暮。山无数,乱红如雨^④,不记来时路。

① 醉漾二句:唐刘长卿《寻张逸人山居》诗:"桃源定在深处,涧水浮来落花。"信流,随水而流。

② 尘缘:佛教指世俗的念头。

③ 花间:此指天台山桃源。

④ 乱红如雨:李贺《将进酒》:"况是青春日将暮,桃花乱落如红雨。"

　　此词别作苏轼词,见元刊《东坡乐府》。《全宋词》从之。唐圭璋《宋词四考》却又断为秦词。案:宋乾道高邮军学本《淮海居士长短句》载此词,时间早于元刊《东坡乐府》,当以此为准,作少游词。

　　这首词咏刘晨、阮肇误入桃源与仙女相遇故事。

上片写刘、阮二人入山遇仙。首起"醉"字,十分突兀。依《续齐谐记》,二人入山,粮尽之后取桃而食,遇涧而饮,无由致醉。所以这里的醉显然不是指酒醉,而是指他们为桃源仙境的美景所陶醉。"醉"字响,"引"字妥溜,形象地刻画出刘、阮二人漫无目的地信流荡舟,不觉已到桃花深处,恍然中疑心为人所引导的心情。三、四句,如《续齐谐记》中所写,刘、阮二人感于猿猴凄切,遂起尘缘,于是别二女而去。两对神仙侣,竟因尘缘阻隔,半途而废,至为可惜。"无计"二字,寄慨遥深。

下片写二人欲重返桃源,已不可得,只能空对乱山,徒唤奈何。前面是陶醉其中,后来是苍茫之景,对比强烈。"乱红如雨",狼藉残红,美艳而凄凉,入俗之人,只能与景物凄然相向,无家可归的失落与失望,尽在"不记"的怨叹声中。"来"字用得别具匠心却又不着痕迹。依词情看,误入桃源者应该是"归"而不是"来"。此处用"来",将世间作为归宿,这显然与《续齐谐记》原意不合。考察秦观身世,可知此时他被贬蛮荒之地,犹未忘怀仕途，如刘、阮二人尘缘未了一般，所以才于不知不觉之中，流露出北归再起的愿望，而不以桃源仙境为念。如此看来，则此词又不全是咏刘、阮二人之事，而是隐含着少游身世之感了。

踏　莎　行

　　雾失楼台，月迷津渡①，桃源望断无寻处②。可堪孤馆闭春寒③，杜鹃声里斜阳暮④。　　驿寄梅花⑤，鱼传尺素⑥。砌成此恨无重数。郴江幸自绕郴山⑦，为谁流下潇湘去⑧？

① 津渡：渡口。

② 桃源：即桃花源，语本陶渊明《桃花源记》，其地汉时为临沅县，属武陵郡，隋唐时为武陵县地，宋乾德中析置桃源县，以有桃花源而得名，在今湖南常德西，疑即张家界一带。

③ 可堪：哪堪，哪里经受得住。

④ 杜鹃：又名杜宇，即子规鸟，相传古蜀国望帝失国，其魂魄化为杜鹃，暮春时常啼至嘴角流血，犹自不止。

⑤ 驿寄梅花：汉刘向《说苑》："越使诸发执一枝梅遗梁王，梁王之臣曰韩子，顾谓左右曰：'恶有以一枝梅以遗列国之君者乎？'"后遂以赠梅表示友谊。《荆州记》："宋陆凯与范晔善，自江南寄梅花诣长安与晔，并赠诗曰：'折梅逢驿使，寄与陇头人。江南无所有，聊寄一枝春。'"

⑥ 鱼传尺素：见《饮马长城窟行》："客从远方来，遗我双鲤鱼。呼儿烹鲤鱼，中有尺素书。"尺素，书信，古时以生绢作书。

⑦ 郴江：即郴水，在今湖南境内，汇入湘江。

⑧ 潇湘：潇水与湘江，在今湖南南零陵西相合，称潇湘。古代诗人多以湘水为潇湘。

这首词作于宋哲宗绍圣四年（1097）暮春。据《续资治通鉴长编·补遗》卷一四载，此年"二月，郴州编管秦观，移横州编管"。诏书到达之日，应该是在三月以后。接到这样的诏书，对本来感情就细腻脆弱的秦少游而言，打击之大，是可以想象的。所以，词中所抒发的感情,几乎可以用绝望二字概括:现实生活痛苦不堪,想逃避到世外桃源中去,但楼台迷失于雾霭之中,津渡苍茫于月光之下。眼前一片烟霭迷蒙之景,耳中阵阵杜鹃凄切之声,孤独的馆舍,料峭的春寒,包围着孤寂的迁客。置身于这样的环境之中,内心的孤苦不言自明。不仅如此,被贬于蛮荒,与亲友隔绝,忧谗畏讥之中,不仅含有对亲友的关爱与思念,更有被抛置遗弃的强烈悲感。四顾凄凉,前路茫茫,真可以说是穷途末日之人,故词至结尾而凄然长叹:"郴江幸自绕郴山,为谁流向潇湘去?"据说东坡极喜这两句,书之于扇,至少游死后,长叹道:"少游已矣,虽万人何赎!"

据《宋稗类钞》卷一七记,少游被贬,有长沙妓酷爱其词,愿托以终身,少游曾以词相赠。后人附会此说,认为"郴江幸自绕郴山,为谁流向潇湘去",即为此妓所作,因念时事严切,不敢偕往贬所,故发为浩叹。后少游卒于藤,丧还,将至长沙,妓于前夕得诸梦,迎之于途,祭毕自缢。此虽属小说家言,不足为信,但也从一个侧面反映了此词情致哀怨凄美,令人伤怀。

鼓 笛 慢

乱花丛里曾携手[①],穷艳景,迷欢赏[②]。到如今,谁把雕鞍锁定[③],阻游人来往。好梦随春远,从前事、不堪思想。念香闺正杳,佳欢未偶,难留恋,空惆怅。　　永夜婵娟未满[④],叹玉楼、几时重上[⑤]。那堪万里,却寻归路,指阳关孤唱[⑥]。苦恨东流水,桃源路、欲回双桨[⑦]。仗何人、细与丁宁问呵,我如今怎向[⑧]?

① 乱花:繁花。白居易《钱塘湖春行》诗:"乱花渐欲迷人眼,浅草才能没马蹄。"

② 欢赏:欢乐游赏。李白《观猎》诗:"不知白日暮,欢赏夜方归。"

③ 雕鞍锁定:谓尽力挽留。

④ 婵娟:本意指美好,此指月,见唐孟郊《婵娟篇》。

⑤ 玉楼:指女子所居之楼。

⑥ 阳关:即《阳关曲》,古时送别之曲,以唐王维《送元二使安

西》诗为歌辞。

⑦ 桃源句：用陶渊明《桃花源记》典：晋太元中，武陵渔人误
　　入桃源，忘其归路，前行逢桃林，林尽得山，有小口，仿佛若
　　有光，舍船从口入，遂游桃源。又指刘晨、阮肇入天台遇仙
　　女故事，唐宋词中多两用之。从词情来看，这里也是两用。

⑧ 怎向：犹云怎奈。

　　这是一首抒发迁谪悲怀的词，表面写艳情，实寓身
世之感，与纯写艳情者不同。将词中所用桃源典与前面
的《踏莎行》"桃源望断无寻处"相对照，基本上可以确
定是绍圣四年左右写的。作为一位多情的文人，秦观在
供职京师时，不无艳冶之游。落入党籍，被一贬再贬，回
首往事，今昔对照异常强烈，有时不免会因眼前之困顿
想起当年"穷艳景，迷欢赏"的经历。词的上阕是对往
日冶游种种情状的追忆。歇拍处以"难留恋，空惆怅"
收束，寓今昔对照之意。下片抒写身世之感。以迁客的
身分，独赏清月，自唱《阳关》，乡关万里阻隔，前望桃源
渺茫。穷途末路之感，死死地压迫着词人，使他难以

释怀。

《鼓笛慢》词调较少见，万树《词律》以为是《水龙吟》词调添字摊破而成。将之与《水龙吟》对照，字数、句式皆不同，当另为一体。从词调来看，似以鼓笛为主要伴奏乐器的一种词调。鼓声沉郁，笛声高亢，不难想象此调词情起伏变化较大。虽然词乐失传，但从此词句式长短错杂，整饬中富于变化，而且词中多用领格字贯穿词脉，并注重以虚词映带等特征来看，此词确有唱叹之妙。用这样的词调抒发哀顽之情，是十分合适的。清人周济《宋四家词选》评少游《满庭芳》词有"将身世之感打并入艳情"之语，于此词亦可作如此理解。

添 春 色

唤起一声人悄，衾暖梦寒窗晓。瘴雨过[①]，海棠晴，春色又添多少。　　社瓮酿成微笑[②]，半破瘿瓢共舀[③]。觉倾倒，急投床，醉乡广大人间小[④]。

① 瘴雨：旧时称南方湿热蒸郁易使人致病的雨水。

② 社瓮：社酒。用于春社、秋社时祭神。

③ 瘿瓢：以椰子壳做的瓢，因形如瘿（瘤），故称。或称瘿木尊、瘿木瓢。

④ 醉乡：酒醉后的境界。唐王绩《醉乡记》："醉之乡去中国，不知其几千里也。其土旷然无涯，无丘陵阪险；其气和平一揆，无晦朔寒暑；其俗大同，无邑居聚落；其人甚清。"

此词创调自少游，又名《醉乡春》，《淮海居士长短句》失载，录自《花草粹编》卷四，又见汲古阁本。《词谱》卷七引宋惠洪《冷斋夜话》云："少游在黄（横）州，饮于海棠桥。桥南北多海棠，有书生家于海棠丛间，少游醉宿于此，题词壁间。"又作按语："此调创自秦观，因后结有'醉乡广大人间小'句，故名《醉乡春》，又因前结有'春色又添多少'，一名《添春色》。"据此，则此词应是绍圣五年(1098)春，词人初到横州时所作。

与前一首对比，可以看出，词人备尝仕途艰辛，横遭迫害，在彻底绝望之后，至此似已看透世态人情，反而旷达轻松起来。词以闻春声开始,犹如唐人孟浩然《春晓》"春眠不觉晓,处处闻啼鸟"诗境。继写雨后海棠之景,大有李清照"试问卷帘人,却道海棠依旧。知否,知否,应是绿肥红瘦"的况味,虽然春景有浓残之别,关切情怀却完全相同。过片写入村社共饮之乐。应该说,在被贬谪的初期,词人痛苦不堪,是因为他对仕途还有眷恋,始终自视为仕宦阶层。如今已削秩编管,社会角色跟村夫野老没有差别,且对入仕绝望,所以能入村社,和村民以瘿瓢共舀社酒畅饮。"社瓮酿成微笑"一句,造语新颖,形象地表达出词人参与祭社时浑身轻松潇洒之态。久违的微笑,竟只有在社酒醉后才显示出来,其醒时的痛苦,自不待言。"醉乡广大人间小"的感叹,可谓是醉后真言,虽然表明作者终究未能彻底释怀,有借酒浇愁愁更愁之意,但能纵情一饮,对感情执着如少游者而言,已属难能可贵了。

少游词风,前期多写艳情,词风旖旎,饶有风致,中期多身世之感,愁苦感伤,至此晚期反而超越迁谪情怀,一任性情驰纵,别具一番自在潇洒。只可惜存词不多,难窥全豹。此词抒发词人在再次横遭迫害之后，犹自旷放自适，虽结尾未免消沉，但总体风格却摆脱了中期的伤心悲苦色调，因而弥足珍贵。

雷阳书事三首（选一）

　　旧传日南郡①，野女出成群。此去尚应远，东门已如云②。蚩氓托丝布，相就通殷勤③。可怜秋胡子④，不遇卓文君⑤。

① 日南郡：即秦象郡，武帝时更名，治所在今越南境内，这里指广东一带。

② 东门句：语出《诗·郑风·出其东门》："出其东门，有女如云。"

③ 蚩氓二句：意思是青年男女借做买卖暗通恋情。《诗·卫风·氓》中有："氓之蚩蚩，抱布贸丝。匪来贸丝，来即我谋。"

④ 秋胡子：即秋胡戏妻故事，见《列女传》卷五。秋胡与妻子

结婚五天之后,即到陈国游宦,五年不归。回家时,见路旁
妇人采桑,不知是妻子,悦而戏之,被其妻拒绝。回家后相
见,秋胡大为惭愧,妻投水死。

⑤ 卓文君:据《史记·司马相如列传》,相如做客卓氏,卓王孙
有女文君,新寡,好音。相如以琴心挑之,文君夜奔相如。

雷阳,即雷州,宋时属广南西路,治所在海康,即今
之雷州半岛。《雷阳书事三首》皆作于元符二年
(1099),当时作者由横州徙雷州。身为迁谪之臣,作者
本来十分痛苦,但被贬横州之后,反于绝望之后通达旷
放起来。再到雷州时,已完全参透情关,超越生命了。
在人生如寄、随遇而安的心境下,岭南独特的民风民俗,
马上给他耳目一新之感,所以纪之以诗。除这三首外,
还有《海康书事十首》,也是类似风格的作品。从中不
难看出,作为迁臣,他虽不能完全排遣内心的迁谪之恨,
但南方优美的自然风景与纯朴的民族风情又给他留下
了深刻的印象。

《雷阳书事三首》中,第一首写以巫代医,娱神治病

的习俗；第二首写腰鼓送殇，杀猪羊驱鬼习俗；所选为第三首，写男女相恋习俗。三诗联缀，再现了当年雷州一带少数民族的风土人情。宋代中原一带理学发达，男女之防甚严，但岭南边陲却还保持着纯朴的民风：城中集市里，少女成群结队，精心打扮，妖娆如天上的云霞，市中的小伙儿，借着做买卖的机会，向她们暗传情意。在这样一个男女表达真挚情感的氛围中，有得其所欢而喜不自胜者，更有多情反被无情恼的情场失意者。这些情事，皆被诗人表现了出来。

诗写男女情事，却全无侧艳之笔。作为一个多情的诗人，作者于青壮年时期在故乡、蔡州、京师等地所写的诗词中，都曾流露出绮情艳思，呈现出旖旎婉媚的诗风，但这首诗却一反前此风格，采取十分冷峻的态度，以旁观者的身分进行描绘，丝毫不注入主观情感色彩，将炽热的感情作"冷"处理，特别是借用典，将原本绮艳的情事隐括其中，不露痕迹。如《诗·卫风·氓》中的非礼而动、秋胡戏妻、卓文君随司马相如私奔情事，在诗中虽都涉及，却皆点到为止，不作展开。如此处理，既真实地反映了彼地少数民族男女相恋的自由与开放,又洗净铅华,使诗风显得精纯高古。前人称其过岭之后诗风大变,风格"严重高古",细味此诗,可以有明显的感觉。

江 城 子

　　南来飞燕北归鸿①,偶相逢,惨愁容。绿鬓朱颜重见两衰翁②。别后悠悠君莫问,无限事,不言中。　　小槽春酒滴珠红③,莫匆匆,满金钟④。饮散落花流水各西东⑤。后会不知何处是,烟浪远⑥,暮云重⑦。

① 南来句:《玉台新咏·东飞伯劳歌》:"东飞伯劳西飞燕,黄姑织女时相见。"此词句意仿之,借喻久别重逢的友人。

② 绿鬓朱颜:黑发红颜,喻青春年少。高适《逢谢偃》诗:"红颜为别久,白发始相逢。"此句似之。

③ 小槽句:唐李贺《将进酒》诗:"琉璃钟,琥珀浓,小槽酒滴真珠红。"王琦注:"珍珠红当是酒名。"

④ 金钟：酒杯的美称。

⑤ 落花流水：南唐李煜《浪淘沙》词："流水落花春去也，天上人间。"宋柳永《雪梅香》词："雅态妍姿正欢洽，落花流水忽西东。"

⑥ 烟浪：雾霭苍茫的水面，如同烟波。

⑦ 暮云重：喻友人关山阻隔。

要透彻领悟这首词，必须对其背景有清晰的了解。此词作于宋徽宗元符三年（1100）。是年正月九日，哲宗崩，其弟端王赵佶嗣位，是为徽宗。新帝即位，逐步变革政治，大赦元祐党人。二月，苏轼以登极恩移廉州安置，少游由雷州编管移英州；四月，苏轼以生皇子恩诏授舒州团练副使永州居住，秦观以英州别驾移衡州。由于当时交通不便，苏、秦二人又都远在岭南，四五个月之后，才得到消息。所以，苏轼很迟才到廉州，秦观则根本未到过英州、衡州，依旧滞留在雷州。据《苏诗总案》卷四三载："四月，（苏轼）得秦观书。"注引东坡《与秦太虚书》云："近累得书教，海外（指海南岛）孤老，志节朽败，何意复得平生钦友。伏阅妙迹,凛凛有生意,幸甚幸甚!"直到六月酷暑,诏书始达儋州。此时东坡复与少游书,谓"顷得移廉之命,治装十日可办","约此月二十五六间方可登舟……若得见少游,即大幸也"。傅藻《东坡纪年录》云,六月"二十五日,与秦少游相别于海康"。说明苏轼是提前来到海康与少游相见了。由于是谪臣内迁,尚未脱有罪之身,所以他们相见,仍有人监视。这首词就是在这样的背景下写的。

整首词中,没有一丝久别重逢的欢悦,发调即套用古诗句式,寄慨无端,笼罩着一层悲伤的气氛。"相逢"前着一"偶"字,相见的场面是"惨愁容",暗示着二人的相见,完全是被动的、偶然的,是迁谪生活中的一段插曲而已,因此,只能是愁容相对。"绿鬓"以下四句,是对"惨愁容"的解释:远谪岭南的屈辱与艰辛,刻画在他们的脸上,使这对师友在相见时因彼此怜惜而陡增愁绪。除此之外,还有"恐下石者更启后命"的重重顾虑。所以才压抑着相见时的激动,"无限事,不言中",欲言又止,欲说还休。"不言",是因为艰苦备尝,无从说起;是因为遭此劫难之后,在内心早已越超苦难,故不想再言;是因为怕所言被人曲解,为人告发,成为再增罪名的口实。下片更加凄凉,由于二人仍是戴罪之身,自此一别之后,更不知何时方能重逢,抑或竟成永诀,于是词人一个劲儿地劝酒。本不欢乐的酒宴,只能是不停地饮闷酒,继以"饮散落花流水各西东"的境遇,更添几分凄苦。结尾处虽是怀疑后会之期,但对已写墓志之人而言,实含永别之意,所以,词以烟霭沉沉,暮云重重作结,凄迷之景,正是受尽肉体与精神摧残的词人油干灯尽的预兆!词情之凄厉,只有深入体味其人心境才能参透。

果然,两个月后,词人便在北还至藤州(今广西藤县)时因为中暑,含笑卒于光华亭上。少游死后一个月,东坡于北归途中闻其凶讯,失声痛哭:"少游已矣,虽万人何赎!"次年七月二十八日,这位大文豪也在常州与世长辞。

词坛上陨落了两颗巨星!一为豪放之首,一为婉约之宗。

这首词,见证了这两位杰出词人的最后一次相会。